知遇 ZHIYU

给儿子的信

ПИСЬМА К СЫНУ

[苏] 瓦·亚·苏霍姆林斯基 / 著
童宁 / 译

漓江出版社
·桂林·

图书在版编目（CIP）数据

给儿子的信 /（苏）瓦·亚·苏霍姆林斯基著；童宁译. -- 桂林：漓江出版社，2022.5
ISBN 978-7-5407-9179-7

Ⅰ.①给… Ⅱ.①瓦… ②童… Ⅲ.①书信集－苏联 Ⅳ.①I512.65

中国版本图书馆CIP数据核字（2021）第243032号

GEI ERZI DE XIN
给儿子的信
［苏］瓦·亚·苏霍姆林斯基 著
童宁 译

出 版 人 刘迪才
策划统筹 文龙玉
责任编辑 章勤璐
助理编辑 孙静静
封面设计 石绍康
营销编辑 杜 渝
责任监印 黄菲菲

出版发行 漓江出版社有限公司
社址 广西桂林市南环路22号
邮编 541002
发行电话 010-65699511 0773-2583322
传真 010-85891290 0773-2582200
邮购热线 0773-2582200
网址 www.lijiangbooks.com
微信公众号 lijiangpress

印制 大厂回族自治县聚鑫印刷有限责任公司
开本 710 mm × 960 mm 1/16
印张 11
字数 136千
版次 2022年5月第1版
印次 2022年5月第1次印刷
书号 ISBN 978-7-5407-9179-7
定价 39.80元

目录

推荐序　父亲的课程

父亲和母亲，在儿童发展过程中，起着非常重要的作用。心理学家弗洛姆在《爱的艺术》中有这样一段话：

母亲是我们的故乡，是大自然、大地和海洋。而父亲不体现任何一种自然渊源。在最初几年内孩子同父亲几乎没有什么联系，在这个阶段父亲的作用几乎无法同母亲相比。父亲虽然不代表自然世界，却代表人类生存的另一个极端：代表思想的世界，人所创造的法律、秩序和纪律等事物的世界。父亲是教育孩子，向孩子指出通往世界之路的人。

简要地讲，母亲给儿童以安全感，而父亲给儿童以方向感。健康的成长，离不开父母之爱的共同呵护，尽管父母之爱的表达方式有着本质的差异。而这种共同呵护，放在成长的旅程中，又像是传送接力棒。在儿童的早期，需要母亲更多的照料；而当儿童渐渐长大，尤其到了青春期，父亲的地位则应该加强，甚至是不可替代的。到了青年期，父亲对子女的影响尤其重要，直接影响子女对待做人、职业、爱情与婚姻的态度。

众所周知，苏霍姆林斯基（以下简称苏氏）是一个伟大而勤勉的教育家，每天工作时长 14 小时甚至 16 小时。尽管如此，他对子女的爱，并没有因此而减少。相反，他深爱自己的子女，无时无刻不在以自己的言行引导着子女。而他作为教育家光辉的人格和卓越的专业，又让这种引导散发着光芒，不仅照亮自己的子女，而且到今天，仍然有着巨大的意义。这本《给儿子的信》，是从儿子上大学，第一次外出求学开始写起，对我们今天如何养育子女，尤其是如何养育男孩，无疑是特别有启发的。

而且，因为这是一个成熟而专业的父亲，他的教导不是个人狭隘的经验的传授，而是深思熟虑后的结果，所以，这本书，这三十二封信，可以视为“父亲的课程”。

那么，这门课程讲了些什么？

怎样做一个大写的人

苏氏给儿子的第一课，是怎样做一个大写的人。

在这里，至关重要的是第一封信，这也是苏氏希望儿子保存下来反复阅读的，相当于是一个“课程大纲”。

在这封信里，苏氏回忆了在饥饿年代里，他第一次去上学时，父亲对他的训示：

儿子，别忘记，食粮！我不信上帝，但我把食粮视为神圣之物。记住你是谁、你的出身。记住食粮来之不易。记住：你爷爷，我父亲，奥梅利科·苏霍姆林曾是农奴，他死在庄稼地里、犁车边。永远别忘百姓的根。别忘记：当你学习时，有人在劳动，为你获取食粮。等你学成，做了教师，同样也别把这份食粮遗忘。因为食粮——是人的劳动，也是未来的希望，更是一把尺子，衡量着你和你孩子们的良心。

苏氏对儿子说：

父亲训示我的，我同样对你重申：别忘记你是谁、你的出身。别忘了我们的根——劳动人民、土地、神圣食粮。那些哪怕仅用自己思想的一闪念、自己的一句话、自己的一个行动，对食粮、劳动和给予我们一切生活的人民表示轻蔑的人，都是可憎的……

我们语言中的词汇千千万，但我把这三个词——“食粮、劳动、人民”置于首位。这是三条支撑我们国家的根脉，是我们体制的根本。这三条根脉编织得如此牢固，任凭怎么撕扯，也不能将其分离。谁不懂何为食粮与劳动，谁就不再是自己百姓的后代。丧失人民优秀的心灵品质的人，会逐渐蜕变为背叛者，丢掉了人的本性，遭人唾弃。谁忘记何为劳动、汗水与辛苦，谁就会变得不再珍惜食粮。如果有人损害三条强壮根脉中的任何一条，他就不再是一个真正的人，他的内心就开始腐烂、蛀蚀。

在苏氏给儿子的道德人格教育中，最核心的，是不要忘记了根本。那么，根本是什么？是脚下这片土地，生产粮食的土地，以及土地上的人民。对人民，对土地，对粮食的深厚情感，是苏氏价值观的基石。

这是一种朴素而深沉的人道主义。

是的，人道主义，才是苏氏的道德人格教育思想，乃至于全部教育思想的真正基石。在这一基石之上，苏氏特别强调价值观，强调真诚的共产主义信念。在当时的苏联，在集体农庄，弥漫着一股风气，就是嘲笑坚守信念的人，随意浪费集体的粮食甚至损毁财产。在第二封信里，苏氏的儿子提到一件事，就是一家集体农庄经营不善。农庄有一个美丽的蔬果园，但却有十吨多的苹果被用来喂猪，大约有三公顷的西红柿还没有收获，农庄主席就叫拖拉机手重新翻耕土地。他对此也十分痛恨，对弥漫的这种风气忧心忡忡，向父亲倾诉。

苏氏告诉儿子，永远不要压制自己良心的声音，也不要只是停留在生气的层面，而要把人民群众监督的责任真正地担负起来。

年轻人进入大学，必然受到各种潮流的影响。在第七封信里，儿子写信给自己的父亲，想要45卢布，买所谓的晶体管。按信中的描述来看，应该是年轻人喜欢用的录音机之类，用来放摇滚音乐，苏氏形容为“哀号一般、呻吟一般、悲惨凄厉的吼叫声”，并认为已经成了全民公害。因为在公共场合使用，已经对居民造成了噪声污染。苏氏更希望自己的儿子亲近自然，或者自己演奏乐器，他的儿子手风琴演奏得很好。苏氏真正反对的，是青年人“用纯粹满足自己要求的、消费的态度对待精神价值”。有意思的是，苏氏虽然反对儿子买晶体管，但仍然给儿子寄去了45卢布，建议他买把小提琴。如果不想学小提琴，也可以买些艺术类的书籍。

苏氏非常重视阅读对人的精神世界的塑造。而在这个过程中，审美教育的作用又特别重要。所以，他希望儿子多读艺术文学类的书籍，并做了大量的推荐。在他看来，书籍也是最好的自我教育的手段。

怎样对待异性和爱情

大学生活中，怎么对待异性和爱情，是青年人的核心问题之一。在第十九至二十四封信中，苏氏连续对儿子论述了这个问题。

这些问题涉及了性、爱，以及对待异性的根本态度。

在当时的社会，性放纵，甚至性犯罪，都已经不鲜见，可以想象，这些儿子都写信告诉了自己的父亲。而在苏氏看来，在精神生活领域，“理智和意志应作为性爱情感的警卫”。而真正的爱情，是终生神圣的责任。任何一种其他的爱情，刺激感官的爱情，因寂寞产生的爱情，作者认为都是放纵。

记住，儿子，婚前男女关系的性质和关系中精神心理与道德审美元素所达到的高度决定着他们全部人生道德的纯洁度。要像害怕火一样，害怕爱情中“丰富的经验”。婚前恋人的精神心理关系越纯粹，青年——未来丈夫的道德义务感就越强。对女人的道德义务、对于她的未来所担承的责任，正是这些把青年变成男人。纯洁的爱情给青年带来思想和心理发育的成熟；轻率的爱情、因寂寞产生的爱情则会让他堕落。婚前就体验了身体上亲密无间的两个人，将带着空虚的精神而走入生活。

恋人精神交流的最高快乐在于心智和审美的相互丰富，在于逐渐了解和发现新的道德审美品质，在于渴望从对方那里吸收所有美好，然后再给予对方。忠贞不渝的爱情，谁不幻想着它呢？但实现它的条件是什么？可以这么说，是人不可穷尽的力量。

我和你妈妈结婚，快满二十五年了……每一次，经过几天分离后再见她时，我仍感觉到心动——我在她身上，世上我唯一爱着的女人身上看到了新东西。爱人的眼睛像是能发现历久弥新的美。精神世界的富足表现在人能够传递和接收无数种情感和思想。如果情感和思想极为贫乏，那么令人一见钟情的外在美就会暗淡，失去吸引力。假若爱情只表现在一瞬即逝的外表魅力里，假若人只在面孔和身材中寻求享乐，那么失望和“性格不合”就在所难免了。

苏氏的爱情观，毫无疑问是相当正统的。即灵魂与肉体，必须是合而为一的，灵魂应该引导身体，在爱情中，品格也起着极其重要的作用。并且，越是男人，越要起着主导作用来约束自己。爱情不应该只是一种消费，更应该是一种创造，是一种令双方都变得更美好的事物。不仅如此，爱情也不应该脱离社会而存在，好的爱人，也应该是好的公民，是一个关心社会的未来，而不仅仅关心自己的人。

苏氏还认为，爱情中的双方应该是平等的。这种平等，不仅是指人格的平等，或者权利的平等，更是指教育水平、兴趣和需求的对等。他讲了一个叫薇拉的姑娘的例子，有一个优秀的工人很爱她，但是，她没有感受到那种渴望的精神一致的幸福，于是鼓励青年工人学习进修，但工人只考虑眼前的事情，并不想继续读书。最终，姑娘的母亲告诉她：

当每个人面前打开了如此光明美好的世界时，为什么要用家庭、厨房、喂鸡和养猪来限制自己的人生呢？从维克多的话里，从他对你的态度里，可以看出一旦当你成为他的妻子后，他会让你放弃工作，然后约束你，抱怨他要养活你……女儿，这是多么可悲的命运啊……

苏氏的意思，并不是表面意义上的门当户对，而是指相爱的人，在精神世界里应该是对等的。否则，爱情就缺乏了共同的精神生活的基础。这样的观点，当然是非常有见地的。如果没有共同精神生活的基础，爱情很可能是建立在感官的基础上，等激情过后，就难以维系。

在异性的问题上，有一个超越时代的永恒的话题：青年男女之间，到底是否存在着纯洁的友谊？

苏氏并不把友谊与爱情截然分开，在他看来，爱情应该以友谊为基础，没有友谊的爱情是肤浅而低级的，只有当牢固的友谊把相爱的人联系在一起时，爱情才得到了道德的保障。

当然，男女之间，并非只有爱情。苏氏从自己的母亲讲起，认为母亲是生活的第一创造者，而每一个女子，都是母亲或未来的母亲，以自己的深刻和美担负着自己对于全人类族群的责任。作为男性，要善于珍视女性的温柔之美。所以，男人不能欺负女人，不能用恶来加害女人，当你欺负一个女人时，你就是在欺辱自己的母亲和天下所有的母亲。歌德有一句有名的话："永恒之女性，引导我们前进。"苏氏对女性的赞美，与此类似。他觉得女性的温柔之美，本身就是一种道德力量，一种精神力量。女性对孩子的教导十分重要，在家庭中的地位十分重要。所以，要反对封建残余思想，不要让女性成为家庭女奴。甚至，他特别反对让女性放弃工作，只专注于家庭。女性也应该追求知识，追求精神，而不应该被束缚在灶台边。

苏氏一直非常重视美。他认为自然之美，对人的道德发展也极具价值。而女子的温柔之美，则是人类美的顶峰。苏氏关于女性之美的观念，受到了西方传统观念的巨大影响，将内在美与外在美统一起来，更强调美的理想，以及美的道德属性。这里的道德，是指一种人性的完整与光芒。一句话，精神之美，才是真正的美。

怎样学习

苏氏是一个终生学习者，直到生命的最后一刻，他对儿子的学习状况，仍然也非常关心。

苏氏特别强调志向在学习中的作用。当儿子把无线电作为自己的方向时，他十分欣喜，认为儿子找到了自己最钟爱的事业，将成为一个幸福之人。创造性的劳动，是幸福之源，这是他一直以来的坚定的信念。他建议儿子，要成为自己行业里的专家，要给自己立下规矩：

每天，不折不扣是每天——哪怕在节日里、休息日里——阅读并钻研至少五页关于无线电物理以及相关科学杂志的内容，比如电机学、仿生学、天体物理学、宇宙仿生学等。我还要再次重申：要每天去做。比如说，“五一”节马上到了，别忘记自己每天的五页阅读。没人再来监督你了。记住，在科学的交叉领域里往往会诞生新发现，隐藏了许多未知。因此，对综合科学要特别留意。

这几乎是苏氏自己学习的翻版。当儿子写信告诉他，大学学习比中学容易多了，苏氏就变得忧心忡忡。他对儿子的期待，是成为一名真正的、有远见卓识的专家。大学生应该钻研，不是死读课本，而应掌握科学。

苏氏明确地反对死记硬背，提醒儿子要会听课，要举一反三，要深入思考，更重要的是，要把实践当成学习非常重要的途径。而最重要的，是读书，读书，读书，持久地用书籍来滋养自身。真正的学习，不仅需要智慧，还需要莫大的勇气、勤劳和忍耐。

苏氏特别强调人文教育的重要性，包括情感－审美教育、美感教育、心理教育。人应该通过这些学习，克服生命的麻木空虚，更重要的是，要形成虔诚的信仰。这对今天的教育来讲，是非常重要的。今天的教育和苏联那个时代一样，也是充斥着背诵，许多儿童不明白学习的意义，甚至不明白生命的意义。在这种情况下，电子产品乘虚而入，功利主义成为潮流，这是精神的荒漠，既是对学习本身的伤害，更是对生命本身的伤害。正是信仰，赋予生命以意义，也赋予学习以价值。

在给儿子的建议中，最重要的是第三十封信中的十五条建议，苏氏认为，每个大学生都应该遵守。

这些建议中，最重要的有：

一、要学会时间管理。时间管理不只是指节约时间，也是指精力管理或知识管理。例如，要善于做提纲，将课程的架构梳理成为独特的大纲，这样，就减少了学习或记忆的负担。此外，要事优先，劳逸结合。最重要的事情，要在精力最充沛的时候完成。同时，也要学会拒绝一切不必要的过度的娱乐，不在琐事上浪费时间。还要注意学习内容的安排，不同的内容要交替进行学习。

二、要每天阅读。这是苏氏最为强调的，是《给教师的100条建议》中所谓的第二套大纲。他一直强调要通过大量的阅读，不断地磨砺大脑，同时与科技进步保持同步。这种阅读的关键并不在于每天的数量，而在于日不间断，让阅读成为一种习惯。

三、要善于思考。思考得越深刻，记忆得越牢固。

这些建议虽然朴素，但是，要做到却并不容易。这些建议，可以看成是苏氏一生成就的朴实无华的总结，到今天也有着很重大的意义。

今天如何继承苏霍姆林斯基的育儿遗产

《给儿子的信》是一门高品质的“父亲的课程”。但是，无论如何，仍然有着深刻的时代烙印。不能因为这些时代烙印，就轻率地以为，这是过时了的育儿经。

例如，苏氏对于价值观的强调，似乎与这个熙熙攘攘的世俗社会格格不入。但是，我们仔细想一想，今天许多青年人的空虚乃至于堕落，难道不是缺乏价值观教育所致？今天的躺平、佛系，是缺乏内在信念的人在急剧变化的时代的必然反应。在这个时代，作为父母，怎么帮助孩子树立有助于一生幸福，也有助于社会和谐发展的价值观，是一个值得思考的问题，而苏氏的遗产，仍然有着深刻的意义。

尽管如此，毕竟时代在变化。今天这个时代，比以往的任何时代，都更重视多元，而不是一种价值观统率一切。同时，今天这个时代，也比以往的任何时代，都更为宽容和开放。在不妨碍他人的情况下，更为开放和包容的社会，也将更有弹性，更为幸福。

例如，今天我们不再排斥摇滚，仅仅为个人利益而奔忙也是健康的，人不是必须过一种高尚的生活，完全可以容纳各种小确幸。而当年苏氏看不惯青年人在街上拥抱亲吻，甚至认为一个十八岁的小伙子喜欢一个女孩子，拥抱并亲吻她就是放纵，这样的观点，今天也不再被当成是唯一正确的观点，而会被视为个人选择。

一句话，生命不仅仅是明亮的、洁白的，更多的时候可能是灰色的。许多苏氏所倡导的美德，仍然具有北极星般的价值，但已经不宜成为对孩子的底线要求。

尽管如此，新一代的父母，仍然要与苏氏这样杰出的父亲进行对话，去聆听和吸收。毕竟，做父母是需要学习的，但很少有这样的学校，更多的是一种自我学习和自我教育。苏氏这一本薄薄的“父亲的课程”，又何尝不是千千万万父母应该阅读的“家长的课程”？在这种精神与智慧的传承中，我们相信，更优秀的年轻人会不断地涌现，而他们，也会是未来的父亲和母亲。人类的精神，这样的代代相承，本身就是一件美好的事情。

这本书的出版，意义大概就在于此吧。

魏智渊

2022年3月1日

译者序

20 世纪 80 年代初，《光明日报》曾在《教育科学》版面的重要位置上，刊载了一篇题为“和谐的教育”的文章，文中介绍了苏联教育家苏霍姆林斯基的教育思想，用“和谐的教育”一词概括苏氏的教育体系的创新思想与人文关怀。

《和谐的教育》首先点出了苏霍姆林斯基教育体系最显著的特征之一——很少使用责罚。他提出“要思考，不要死背”的口号。他曾说:“对于孩子们，学习可以成为一件乐趣无穷的事，如果它被思想、感受、创造和游戏之光照亮。”

1918 年，苏霍姆林斯基生于乌克兰的一个农民家庭，值得一提的是，这个家庭的四个孩子都成了教师。他自小就学会了耕地、除草、做木工活儿，会养花、养蜂、使用机床，会开拖拉机、联合收割机和小汽车。在集体农庄的学校里读到七年级毕业，开始为地方报纸写特写，年满十七岁就在函授学校教书。父母发现了儿子的天赋，把他送往克列明楚格的工农速成学校学习。1936 年，苏霍姆林斯基考上了波尔塔瓦师范学院函授部，取得教师证。毕业后回乡教授乌克兰语和文学。1941 年志愿奔赴反法西斯前线，在战斗中身负重伤。返乡后继续执教，担任中学校长，一直工作到生命的最后一刻。苏霍姆林斯基从1968年起任苏联教育科学院通讯院士。1969年获乌克兰社会主义加盟共和国功勋教师称号，荣获两枚列宁奖章。

提起苏霍姆林斯基的教育体系，自然让人想起著名的教育三部曲，分别是《把整个心灵献给孩子》《公民的诞生》和《给儿子的信》。《把整个心灵献给孩子》一经出版就引起轰动，后被译成23种语言，其中包括英语、法语、德语、日语和汉语。1970年出版的《公民的诞生》被译成14种语言。如果说《把整个心灵献给孩子》和《公民的诞生》分别探讨了儿童期和少年期的教育，那么在《给儿子的信》中教育对象变成自己已成年、正在外求学的儿子。身处改革“新浪潮”涌动的20世纪60年代末，苏霍姆林斯基将自己的思想体系又向前推进了一步，他的教育理论开始进行道德—审美的探索，促使人们也开始思考自由意志、自我价值和个性的不可重复性等问题。

多年来埋头苦干而忽视了与儿子的交流沟通，苏霍姆林斯基对此深感自责，他在第一封信里这样写道：

儿子，为什么给你说这些？因为每日工作繁忙，我没能向你详细阐述过——这很糟糕。应提醒你所有这一切。父亲训示我的，我同样对你重申：别忘记你是谁、你的出身。别忘了我们的根——劳动人民、土地、神圣食粮。

苏霍姆林斯基决定以书信体裁、家长教导的方式，将自己一生珍视的“祖国、人、劳动”的观念传递给儿子。教导的方式不是板起面孔说教，而是将自己人生经历中遇到的形形色色的人物和事件，夹叙夹议，娓娓道来。

在第五封信中，苏霍姆林斯基向儿子详细介绍附近农庄一位林学家出神入化的果木嫁接技艺，援引了戏剧教育家、心理现实主义演剧学派创始人斯坦尼斯拉夫斯基的书中一段话，点明题旨：

尘世的幸福在哪里？在认识中，在艺术和工作中，在对于工作的熟练精通中。在认识工作本身蕴含的艺术的同时，也将认识自然、世界和生活的意义，还会认识心灵，以达通慧。没有比这更高的幸福了。(《第五封信》)

苏霍姆林斯基的文字也继承了俄国现实主义文学传统，书信里的教育学、哲学、伦理学、美学、社会学、心理学术语，与鲜明的人物形象相映衬，寓教于乐，深入浅出。

其中，苏霍姆林斯基描绘的一个误入歧途的女青年的形象，颇耐人寻味。透过这一形象，作者揭示出学校和教师不正确的教育带来的严重危害，同时鼓舞青年们要严肃对待生活中的抉择，珍惜光阴，自我教育，坚持真善美。

这位女主人公不是当时流行的高大完美的正面形象，她笃信宗教、特立独行，在学校里，抗拒教师强硬灌输的“科学的、唯物主义的”世界观，大学毕业后进了修道院做了一名修女。但在修道院里，这位少女开始对宗教学说批判和怀疑，通过真正的独立思考，成了一名无神论者。

她悔恨地说："我感觉到自己作为人的骄傲。中学学过的一切，在修道院里被我重新考量。遗憾的是，我如此宝贵的独立反思来得过于迟了。青春时光已荒废，二十五岁时才去发现那些本应十六岁、十八岁应发现的问题。最主要的原因就是在青春早期，我未能发现那本应当在艺术作品里发现的人的伟大。"(《第九封信》)

"人的伟大"是和人的心灵紧密联系在一起的。苏霍姆林斯基在第十六封信里写道："人的心灵是他强大的精神，他的思想，他在认识上的、征服自然力上的果敢飞跃。人可让这一心灵变得不朽。"(《第十六封信》)

这里的"人"，不是特指高不可攀的英雄人物，而是指每一位普通的现代人，"人道美"应被教育者们发扬光大，宝贵的天赋应得到发掘和培养，不应该白白浪费。

在《给儿子的信》琳琅满目的画廊里，众多形象汇聚成了一个"人"的意象，他是在"感恩花园"里忙碌的小孩子，是病床上风烛残年的老者，是战场上舍生取义的英雄，是唯唯诺诺服从长官意志的农村饲养员，是处在诗一般青春中的快乐大学生，是将毕生经历献给自己钟爱事业的学者。从这个"人"的身上我们好像看见了世界，也看见了自己，看见了自身的好与坏、善与恶。

苏霍姆林斯基还对僵化的学校教育进行了反思：

我不能忘记一位年轻女性的话，她说自己在中学和大学时代里，学习的目的只是为了让知识暂时在脑子里保存，然后在测验和考试中回答问题，最后从知识中解脱。如果在你的学习目的中有对任何一门课程的偏见，对于文学，对于艺术珍品……它就是灾难。中学的文学学习不是为了通过考试。它应进入每个人的精神世界，一生中都要把文学作为和美进行日常交流的途径。只有这样，文学才能变成生活的教科书，形象地说，文学的翅膀才能翱翔于平稳而有浮力的美的空气中。没有美，没有审美情感，文学这只鸟就会像石头一样，掉落地上。（《第十四封信》）

苏霍姆林斯基在《给儿子的信》中明确地阐述了他的教育观：“教育的本质就是让人战胜动物的本能，发展出所有的人道。”没有人道，不学习人道，人的精神就会陷入可怕空虚的荒漠中。他的理想就是高尔基曾憧憬的：“人像星星一样，彼此照耀。”读完此书，我们会掩卷深思，我们会希望自己成为比现在更好的人。

使人感受到为了人们而劳动的无与伦比的欢乐，这是教育的使命。通过劳动获得这欢乐，是踏上自我教育道路上的人的使命。我了解学生的精神世界越多就越深刻地确信，像从大海的浪花里诞生阿佛洛狄忒一样，真正的人诞生于困境，那里土地被汗水浇灌，在那里体验着战胜看似难以克服的困难的崇高感受。这种感受仿佛一根线，将人的个体精神世界——需求和渴望——与社会利益和需求相连接。（《第十一封信》）

他得出结论：“人文教育、人道教育，也是自我教育的过程。让自己成为大写的人最重要。五年可以成为工程师，而学会做人需要一生的时间。培养自己有一颗人的心灵吧。美是心灵最重要的自我教育方式。这里指广义的美——艺术，音乐，与人为善。”

苏霍姆林斯基的教育体系给我们最珍贵的启示是什么？一言以蔽之，

即重视“美”的教育。伟大的苏联教育家像盗天火给人间的智慧之神普罗米修斯一样，给我们取来了“美”的火种。

这应是“和谐的教育”的本质所在吧。

对于初入社会的年轻人来说，《给儿子的信》是一部不可多得的人生“百科全书”。通过32封家信，一位伟大的父亲、伟大的教育家表述了对于“人和人道美”的坚定信念，这信念至今还具有强大生命力，给我们以无穷的鼓舞与启发。

感谢漓江出版社，这次是继《我的忧伤透着纯净的光——普希金抒情诗选》之后，我和漓江出版社的二度合作。感谢孙静静的邀约和辛苦编辑，感谢文龙玉主任，让我有机会走进苏霍姆林斯基笔下的五彩斑斓的世界，并与读者分享翻译过程中的点滴感触。文中存在的错误疏漏，还望广大的读者朋友提出、指正！

童宁

2022年3月15日

第一封信

你好，亲爱的儿子！

瞧，你飞离了故巢——在大城市生活，在大学读书，渴望获得独立的感受。据我个人经验，你正处于新生活的旋涡激流中，很少想到家庭、想到我和你的妈妈，几乎不思念亲人们。这种情况的改变得在后来，当你认识了生活后。

这是写给飞离故巢的儿子的第一封信，希望你能将它终生保存，多读几遍并思考它的含义。我和你妈妈知道，每一代年轻人都会用一种倨傲态度对待父母的教导。你们会说："你们看不到、理解不了我们看到并理解的一切。"或许吧……当你读过信后，可能想着赶快把它搁置一旁，免得让你时时记起父母的冗长教诲。搁置一旁吧，只是要记住放置的地方，有朝一日你回忆起这些教诲，你会说："父亲还是对的……"那时你再通读一遍这封快被你忘却的旧信吧。你要终生将它保存。

我也保存了我的父亲写给我的第一封信。那年我十五岁，也飞离了故巢——去克列明楚格学院学习。1934 年是艰难的饥馑之年。记得妈妈送我去参加入学考试。她用洗净的旧头巾包上一块压箱底的粗麻布和一袋食物：马铃薯种子、麦麸烤制的几块饼和两筒炒豆，这就是那天妈妈交给我的全部。

我以不错的成绩被录取了。当时受过中等教育的应届毕业生并不多，大学也招收七年级毕业生。

学习开始。在腹中空空的状态下，掌握知识异常艰难。但新的粮食丰收年到来了。我永远忘不了那一天，妈妈请人把第一个用新黑麦烤制的圆形大面包送来。她托马特维爷爷——农村消费合作社的马车夫——捎给我，他每天往城中运货。大圆面包装在新毛巾袋里，柔软芳香，外壳发出吱吱脆响。面包旁是父亲的信。第一封信，我常说，作为第一个训示被我保存着……

"儿子，别忘记，食粮！我不信上帝，但我把食粮视为神圣之物。记住你是谁、你的出身。记住食粮来之不易。记住：你爷爷，我父亲，奥梅利科·苏霍姆林曾是农奴，他死在庄稼地里、犁车边。永远别忘百姓的根。别忘记：当你学习时，有人在劳动，为你获取食粮。等你学成，做了教师，同样也别把这份食粮遗忘。因为食粮——是人的劳动，也是未来的希望，更是一把尺子，衡量着你和你孩子们的良心。"

这就是我父亲在第一封信里所写的。当然，他还补充写道，劳动日分到黑麦和小麦，以及每周将由马特维爷爷给我送来面包。

儿子，为什么给你说这些？因为每日工作繁忙，我没能向你详细阐述过——这很糟糕。应提醒你所有这一切。父亲训示我的，我同样对你重申：别忘记你是谁、你的出身。别忘了我们的根——劳动人民、土地、神圣食粮。那些哪怕仅用自己思想的一闪念、自己的一句话、自己的一个行动，对食粮、劳动和给予我们一切生活的人民表示轻蔑的人，都是可憎的……

我们语言中的词汇千千万，但我把这三个词——“食粮、劳动、人民”置于首位。这是三条支撑我们国家的根脉，是我们体制的根本。这三条根脉编织得如此牢固，任凭怎么撕扯，也不能将其分离。谁不懂何为食粮与劳动，谁就不再是自己百姓的后代。丧失人民优秀的心灵品质的人，会逐渐蜕变为背叛者，丢掉了人的本性，遭人唾弃。谁忘记何为劳动、汗水与辛苦，谁就会变得不再珍惜食粮。如果有人损害三条强壮根脉中的任何一条，他就不再是一个真正的人，他的内心就开始腐烂、蛀蚀。

让我骄傲的是你对庄稼地里的农民劳作十分了解，你知道谋生存何等不易。你还记得“五一”节前夜，我到你们班上（当时你好像上九年级）转达集体农庄农机手们的请求：“请接一下我们的班，节日到田野里工作吧，我们想歇上几天。”你还记得你们这些年轻人当时是多不情愿脱去节日衣装，换上连裤工作服，坐到拖拉机驾驶室后边，成为拖拉机机引农具上的工作人员吗？但两天后，当你们回到家，感觉自己是劳动者时，你们眼中闪耀着怎样的自豪啊……

我从不信关于共产主义巧克力糖果一般的概念：安享所有物质财富，保障人的一切。似乎他只消挥下手，一切就属于他，一切触手可及。想要什么，立刻被置于案上，满足你的需求。果真如此，人或许将变成厌倦一切的行尸走肉。好在现实并不如此。不经过紧张和努力，辛劳和汗水，牵挂和激动，人什么都得不到。即使到了共产主义，也会有手上老茧和不眠之夜。因为最为重要的是人将永远在自己挥洒的汗水中谋生存，劳作永远支撑人的一切——他的智慧、良心和自豪。凡耕种的土地上永远会有牵挂，有悉心的照料——照料牲畜和小麦温柔的细茎。永远会有不可遏制的愿望，让土地给予更多、更多——在此愿望中，人的食粮的根脉永存。

每个人都应该珍爱、保护这条根脉。你信上写道，你们将很快被送往集体农庄参加劳动。特别好。我对此感到非常非常高兴。好好劳作吧，别让自己、父亲和同伴们难堪。不要拈轻怕重。直接到田里、到土地上劳作吧。铁锨也是工具，可以展现你的技能。

暑假里你可以在我们集体农庄的拖拉机生产队工作——当然，如不召集志愿者到未开垦的土地上开荒的话。一旦召集，你一定要去那里。

“从一束麦穗上，可见种植它的人。”你应熟悉这句乌克兰谚语。每个人都以为他人做事而自豪。每个正直之人都希望把自己的一部分身心留在自己种下的麦穗里。我在世间已生活了近五十年，坚信：土地劳作者的这种渴望表现得尤为强烈。期待你的第一个假期，到时我会介绍你认识隔壁集体农庄的一位老者，他三十多年来一直在栽培苹果树苗。他在这项事业中堪称真正的艺术家。他培育的苹果树，一枝一叶都是他的写照。假若今天人人如此，真可以说，我们已达到了共产主义的劳动境界……

祝你身体健康，精神饱满，幸福喜悦。妈妈和妹妹拥抱你。她们昨天都给你写了信。吻你。

你的父亲

第二封信

你好，亲爱的儿子！

你从集体农庄寄来的信已收悉。它让我受到强烈的冲击。我整夜未眠。想着你在信里所写的内容，想着你。

从一方面来看，你为农庄经营不善的事实而忧虑，这是好事。集体农庄有一个美丽的蔬果园，然而有十吨多的苹果却被用来喂猪，大约有三公顷的西红柿还没收获，农庄主席就叫拖拉机手重新翻耕土地，这样一来，谁都看不到了……

但从另一方面来说，我很吃惊。因为你的信里只有困惑，再无其他。在令人气愤的事实面前，你不知所措。

这是怎么回事？你写道："清晨，当我看到这块重新翻耕过的土地时，心差点儿从胸腔里迸出来。"然后呢？你的心究竟发生了什么？——它平静了，看来又匀速跳动了？你同伴们的心呢？也一样，谁的心都没从胸腔里迸出来吧？这可不好，很不好。

你或许还记得我写的关于塔列朗的故事，塔列朗是一个超级犬儒主义者，老奸巨猾的政客。他曾教导年轻人："你们要畏惧心灵的第一次悸动，因为它往往是最高尚的。”而我们共产主义者学习的是另一种为人处世之道：用第一次的悸动保持自己心灵的光明，因为它们最高尚。让我们在第一次心灵悸动的提示下做人做事。

压制自己的良心之声——这很危险。假若你习惯于对一事不加注意，那么很快你将对一切都置若罔闻。别让自己的良心妥协。唯其如此，性格才能磨炼出来。

在你的笔记本上记下《死魂灵》中的这一句话吧：“当你从温柔的青春岁月走向残酷无情的生活时，要带着勇敢精神，带着人的所有内心情感和认识活动上路，别将它们丢在半途，别等以后再重拾它们！”

人最怕的一件事——变成睁着眼的梦中人：看了，却看不见；看见了，却不去思考所见，对善和恶无动于衷，对恶与不正确漠然处之。对此感到畏惧吧，儿子！它比死和任何可怕的危险都更应让人畏惧。

无信念的人就是窝囊废、可怜虫。既然你确信并目睹有人作恶，那就让你的心大声疾呼，与恶斗争，让真理取得胜利。还记得我的那篇关于谢·拉佐[1]的故事吧？他在日记中曾这样写：“信念应经过痛苦而获得，应检验它们的生命力，应保持自己信念的纯洁，不受其他人信念的玷污。一个人就是去死，也不能否认自己的信念。”真正的人正应如此：否认信念，不如去死。

你问阻止恶具体该做什么，怎样和恶做斗争，我不知道，我不开处方。假如我在你工作的农庄上，假如我也看到了你和同伴们所看到的一切，我会知道自己将做什么。

[1] 谢·拉佐（1894—1920），苏联时期，他的名字曾家喻户晓，常被称为浪漫主义者，革命的“堂吉诃德”。他生于贵族家庭，后走上革命道路，二十六岁时为自己的理想而牺牲。——译者注（本书脚注均为译者注，后文不再说明）

你在信里诧异地说，集体农庄的所有人对这事已司空见惯，不去关注了。这对你和你的同伴们来说更糟。“永远别怕表达你们所感受的，甚至当你们的意见和已被接受认同的观点共识相冲突时。”罗丹的这句话你要好好记着。

假如我处于你的位置，会立刻和同伴们一起去村党委会，我会说：“怎么能这样？你们自己不收西红柿，我们大学生去收。不许毁坏人的劳动成果。”如去村党委会无效，就去区党委，要把人民群众的监督责任真正担负起来。我不信所有人对恶无动于衷，所有人习惯于忍受缺点和不足，这是不可能的。

你现在正迈上精神发展的一个阶梯，即人不应该看周围人的脸色行事，在意“他们在做什么”“他们在想什么”，而是应自己思考，自己决定。

吻你。

你的父亲

第三封信

你好，亲爱的儿子！

我很高兴，你在信里开诚布公和我分享你的思考、怀疑和担忧。我很高兴，在繁忙紧张劳动的日子里，即使你必须夜里 12 点睡觉早晨 5 点起床，你还能为这些思想而激动。你写道，假如你对所见之恶提出反对，假如你开始为真理斗争，你就会被当作怪人，别人看你就像看一只白乌鸦。我从这封信的字里行间读出了灰心和慌乱。“我觉得，思想性（原则性）在这里被当作努力积攒某种道德资本而被评判。”你这样写道，“我已不止一次地听到‘理想’一词被嘲讽地说出来：‘你真坚持思想原则！’……这是怎么回事？难道从前被我以敬重态度去思索的价值，想到它们时还会心跳加速的价值，如今都失去意义了吗？如何从理想的意义去理解生活？”

好，非常好，我的儿子，这些问题使你激动。我为你，也为我自己感到欣慰，这就说明当你在谈论和思考周围人时，并非无动于衷。

思想性（原则性），理想，是伟大、神圣的词汇。有人自觉或不自觉地试图把人的思想性（原则性）之美庸俗化，用铺天盖地的小市民的洋洋自得和漠不关心、用心地狭隘的粗野嘲笑去玷污纯洁和伟大，他们举着一只手，准备攻击人。思想性（原则性）才是真正的人道。你可记得歌德的话：“凡远离思想的人，最终只落得与感觉为伍。”我记得你年少时，曾为这句话感到震撼，你当时问过我：“换句话说，这样的人会退化成动物吗？”是的，我的儿子，谁心中没有思想和原则，谁就开始接近动物本质。

要记住，再和你重申一遍，人们为了理想可以走向凶险，走向断头台，走向枪林弹雨。乔尔丹诺·布鲁诺可以救自己的命，只要他肯说出这句话：“我否认自己的观点。”但他没有说，因为高尚的理想已让他的心灵充满崇高精神。在数千名浑浑噩噩的群氓的叫喊声和笑骂声中，他戴着小丑的尖顶帽子，穿着被涂抹了魔鬼图案的长袍，走向了宗教裁判所的火堆，高傲而坚定，坚持自己的信念和高尚思想。在他眼前，在迷雾重重的远方，仿佛一支火箭正向上升起，向着遥远天际。亚历山大·乌里扬诺夫只需给沙皇写一封效忠信，说他愿为沙皇献出生命，就能免除一死，但他没写，他不能做这样的事。索菲娅·佩洛芙斯卡娅只需说她没参加准备刺杀沙皇的行动就能免除一死，获得自由，因为没有证明她有罪的直接证据，但她不能这样做，对她来说，比个人性命更宝贵的是自由思想，铲除暴君的思想。思想使人英勇无畏。

假如我们国家的每位青年男女都能视高尚、崇高的思想为生命，假如这些思想存于每一个人的良心警卫队中，我们的社会将变成道德理想和心灵美的世界。就像高尔基所憧憬的，人们会像星星一样，彼此照耀。但这时代不会自行到来，我们应为之奋斗。我们要做的最难之事，对于我、你和你的孩子们来说，就是用崇高的共产主义思想让人变得高尚。

我的儿子，这一思想比世上的一切都更美丽。我将寄给你一本自己读过的小册子——《交给风暴的心》，这句话是共产党员霍斯洛夫·鲁兹贝赫在法庭上讲出来的，他是伊朗共产党的领袖。他的人生非常有教育意义，对于力图弄清共产主义思想的意义及其美好的年轻人来说，这一种人生，形象地说，就是思想性的基本教科书。霍斯洛夫·鲁兹贝赫原本是一位天才数学家，撰写过许多科学著作，在他面前展现着美妙未来。为了使祖国摆脱暴君压迫，他被自由斗争激励着，成了一名共产党员。他从事地下斗争数年，因叛徒出卖，他被捕并将被判处死刑。法庭本可以给他留一条生路，只要霍斯洛夫·鲁兹贝赫请求宽恕。作为一名共产党员，他知道：在笼罩全国的残酷而恐怖的环境中，让自己逃离死亡之举会被同志们视为变节，会让自己蒙受耻辱的烙印。因此他请求法庭将自己判处极刑。这是他的最后陈述：

死亡永远是不愉快的，特别是对于那些心中永远对光明和美好未来抱有希望的人来说。但如果不择手段地苟活下来，对于真正的人来说是不足取的。生活道路上永远不能失去自己的基本目标。如果生命以耻辱和羞辱、丧失荣誉、放弃自己的思想、放弃自己的珍贵的梦想和政治社会观点为代价换得，那与之相比，死亡就百倍地清白和荣耀。我自己为自己选择了道路，我要走到底……

我并不认为自己是死有余辜的罪犯，但我看到我的名誉正处在危险中，我正式请求尊敬的法庭对我做出死刑判决。我如此要求，是为了和我已牺牲的朋友们分享光荣，为了消除对于我名誉的指控。因为政治活动而受到审判的我和我的同志们并非罪犯，相反，我们是我们亲爱的祖国的公仆，光荣而正直的伊朗人民会将这些判决视为独裁专制，会认为做出自我牺牲的自己的儿子们无罪。你们审判霍斯洛夫·鲁兹贝赫吧，但你们审判不了善良、正直、爱国主义、人道主义和自我牺牲。

铭记这些话吧，我的儿子。让它们像熊熊烈火一样照亮你的人生。

有些人向“思想（原则）”“思想性（原则性）”注入嘲讽意义，把追求理想的勇气视作钻营。我了解这些人的内心活动。他们因自己精神生活的空虚、贫乏而卑微可鄙。他们不知道什么是具有高尚思想的、充实的精神生活，也不了解什么是真正的幸福。他们以为用思想让自己变得高尚，就意味着会变成思想的奴隶。照他们的想法（这种想法并非今天产生的，很久以来它就从一个历史时期游荡到另一个历史时期），人会在思想中溶解消失，不再作为个性存在而变成流行的思想。多么愚蠢，多么卑微啊！只有借助思想，人才能获得自己的个性，在创造中展现自己，成为真正的斗士。人在思想中不会溶解消失，因为正是思想赋予了人灵性，人才强大起来。

我们教育行业里有一位好老师，他是我的朋友伊万·古里耶维奇·特卡钦科，波格丹诺夫斯克中学校长（也许你还记得他，到过我们家几次）。他在伟大的卫国战争时期参加了游击队，在离兹纳缅卡城不远的黑森林山区里和法西斯打过仗。不久前，他和我讲了一件非常动人的事，鉴于你对思想和理想产生了疑问，我认为你该知道这件事。

此事发生在战争最艰苦的时期——1941 年晚秋。法西斯宣称红军已覆灭，莫斯科将很快沦陷。但游击队活动的最初消息让法西斯分子胆寒。我们区的游击队同样不让德国人有片刻安宁。在离黑森林山不远的一个村庄里，人民的复仇者烧毁了德军司令部的汽车、电台，并杀死了三个希特勒分子。法西斯分子决定暂时不对这个村的居民进行围剿。他们决定采取另一种策略，用他们的宣传语来说，就是“心理震慑”。他们在村子中心建造了巨大的绞架，上面钉着一块木板，用德语和乌克兰语写着：“一旦村里出现游击队员，一旦因游击队员之手使得德国士兵流血，一旦有人说出一句为游击队辩护的话，或做出支援游击队的盗匪行动，那么绞架上将处死最先被抓来的十名村民。”为了解释这道命令，全村人被驱赶到绞架前。一个法西斯少校驱车前来，他对农民们说：“你们的红军已被全部消灭，苏联不存在了，所有苏维埃国土如今已属于德国国防军。”农民们垂首屏息。这时，从人群中走出一个二十岁左右的青年，他走到少校面前，高声说道：“别相信法西斯，红军还在，苏维埃政权还在，莫斯科顽强屹立着，并会永远屹立下去。我在为游击队送情报。”

英雄的果敢让法西斯分子们错愕，在最初几秒钟里他们乱作一团。青年慷慨激昂地说完，从容地从绒衣袖管里掏出手枪，对准少校。直到德军少校中弹倒地身亡，法西斯分子们才如梦方醒。他们抓住了穿绒衣的青年，把他捆绑起来。青年被判处绞刑。临刑前，青年和一名游击队员被关押在同一间牢房里，后来这名游击队员得以逃脱，多亏他，人们才知道了有关英雄的一点讯息。

青年曾对他说：“我不是游击队员，是被希特勒分子俘虏的苏联士兵。被俘时我被严重震伤，后来跑了出来。到希特勒分子召集农民的村庄里只是偶然。当德军少校说到我们军队的灭亡和莫斯科沦陷时，村民们那么沮丧。我看在眼里，内心再也按捺不住了。我当然知道这是走向死亡，但我没别的选择。我的话点燃了那些村民心中对我们祖国取得胜利的信念火苗。我也将在那里被绞死——村子里的那个绞架上。全村农民又会被召集在一起。死对我是最困难的经历，毕竟死亡很可怕。设想一下都很可怕，再过几分钟我就将离开人世。但愿我能在人们面前经受住考验。对胜利的信念支撑着我。我靠它活着。”

他光荣地经受住了考验。在刽子手把绞索套在他颈上之前，他激动地喊道：“别向刽子手低头，同志们。自由不会惧怕绞架！我为祖国而死！”

“我们所爱的，即使死去时，我们依然爱。”高尔基这样写。珍视思想的人珍视自己的尊严。共产主义思想，用卡尔·马克思的话说，会变成无法脱离的绳结，让自己的心无法挣脱。

我坚信你将成为一个真正的人。我们思想的伟大真理将与你的心永远融合在一起。记住，生活并不总是一帆风顺和美好，你会遇到畸形、丑陋的事物。要学会用共产主义的伟大真理与之抗衡。没有人的热情，思想性（原则性）就会沦为伪善。

也许你还没忘记我们三年前读过的尤里乌斯·伏契克[1]一句非常美丽的话：“真理会胜利，但需要坚定果决的助力。”我们的社会中有许多“真理斗士”“真理探索者”，他们虽不惮揭露恶，但只会依赖警察与恶做斗争。这些蛊惑家、好空谈的人就是极为有害的。问题不在于看到恶，用所有人能听到的声音谈论恶，而在于战胜恶。有时不能只是言说，而

[1] 尤里乌斯·伏契克（1903—1943），捷克作家、新闻工作者、文艺评论家。

是要毫不犹豫地行动。伊利亚·伊利夫[1]和叶甫根尼·彼得罗夫[2]说得非常好：不要为干净整洁而斗争，而要做扫除。我们现在还有必须要扫除的东西。我相信，你在人生道路上还会时不时地见到垃圾，别灰心，别惊慌，别对善失去信仰。善必胜，但善的胜利根源在人，在我们自己。

祝你身体健康，精神饱满。拥抱你，吻你。

你的父亲

[1] 伊利亚·伊利夫（1897—1937），苏联作家、剧作家、摄影师和记者。名言是："一切天才的探索各不相同，一切庸人的找寻千篇一律。"

[2] 叶甫根尼·彼得罗夫（1902—1942），苏联作家、剧作家、记者。

第四封信

你好，亲爱的儿子！

我多高兴啊，理想、生活目的、真理、美，所有这些让你激动，我已好久不记得你对这些问题兴味盎然了。我高兴，我的信促使你产生了一系列的想法。或许此次思想“飞起”的原因在于：如今你面前都是新人们，你每天要了解世上最神奇、最令人惊叹的存在——人。认识了解人，会让你再次认识了解你自己。

我每每察觉自己有这样的精神振奋，是在那些新学年开始的幸福日子里，当我走进教室，全体学生们——对我来讲完全陌生的人们，都在那里。我一边认识他们，一边似乎也把自己“仔细翻阅”了一遍，我“检查”自己的观点、信念，力求看到自身的好和不好。

你写道：“我们的时代大概不会出现这样一个人，一个人们说他是理想的人。”我从这句话读出了问题，它存在谬误，像这句：“我们的时代里究竟有没有理想的人？完美无瑕的人究竟有没有可能存在？”还有你年少无知的武断结论：“产生理想的人的时代已过去……产生英雄的时代已过去……”

我还记得你去参加入学考试的前夜，我们之间那场没结束的争论。（你记得吗，我们坐在花园里的梨树下，当争论最激烈时，妈妈说：“不早了，一小时后火车就要开了。”）你热情洋溢地坚持你的观点：过往年代里才有产生理想的人的土壤，那时所有的社会力量被分成两极，一边是善，另一边恶。应赞成什么和反对什么，恶在哪儿，善在哪儿，一切都很分明。而如今情况已经变了：为理想的斗争和日常劳动合二为一。你举例：一个挤奶女工挤出的牛奶超出计划一千升，人们谈论她像谈论英雄似的。难道英雄行为这么容易做到？普通劳动是否被奖赏得太过随意了？劳动作为责任，作为生存条件，怎么能用“功勋”这样的伟大词语形容呢？

你的上述意见在你的来信中又得到延伸。这是一个非常复杂、微妙的问题。尤其是关于理想的人。首先得明白，理想的人并不是十全十美的完人。人永远是血肉之躯，并非由钢筋混凝土浇筑而成。我想你不会否认，保尔·柯察金有资格被称为理想的人吧？可你还记得他曾怎样评价自己吗？他的原话是：“我也犯了不少错误，由于愚蠢，由于年轻，但更多的是由于无知。”英雄本人看到了自己身上的缺点，但这缺点并非界定这位优秀人物的主要条件。最重要的是，在红色的革命旗帜上有他的血。

这就是理想的内涵。人的热情、为真理胜利和革命成功斗争的激情是衡量它的标准。我永远都会记得欧内斯特·海明威说过的话：“人不是为了遭受败绩而生的……可以把人消灭，但人是不可战胜的。”在欧内斯特·海明威说这番话很久以前，世界就已从保尔·柯察金的口中听到它们了，不仅听到了这些话语，还目睹了他的功勋，震撼不已。

设想一下，当那些人看到我们的生活和日常的劳动会如何，那些已死去的人，公平的社会制度对于他们尚在遥远未来，尚是美丽、醉人的幻想……像亚历山大·乌里扬诺夫、斯捷潘·哈尔图林、索菲娅·佩洛芙斯卡娅…… 假如他们能看到我们今天的生活，仔细审视它，明白了新世界的千千万万的建设者的劳动，他们的心会对他们说什么，他们会如何感受和思考？他们的心会因惊异而颤动起来。他们会将我们的时代本身、我们的全部生活视为理想。他们中的任何一个英雄都会说：我正是为了这样的生活而死。

可悲的是，我们没能认识到这一点，忘记了我们生活在怎样的时代。英雄就在我们自身，在千千万万“普通”劳动者中间，他们并没打算成为英雄，当被人们称为英雄时，他们会感到非常惊讶。一些概念本身也变了：我认为“普通人”“一般劳动者”这些词中包含着某种对人轻慢的态度和色彩。没有普通人！我们现代人——在田野、畜牧场和机床旁工作的劳动者——啊，他们怎么会普通！

红色的革命旗帜，我们的人民自豪地把它举在世界上空。革命仍在继续，今天革命接近了改造世界的巅峰，这就是我们时代的意义，亲爱的儿子，你该懂得并感觉到这一点。在过去的年代中，有些人梦想过，并为之走向苦难和死亡，而我们今天正用自己的双手实现它。对于他们，共产主义理想、善和真的理想曾是一个关于幸福的迷人梦想，是一定会实现但还遥远的梦想，只有当我们每个人都能通过他们的眼睛看我们的日常生活，我们才能懂得并感觉到这一点，即我们正在建设共产主义。你所提到的那位挤奶女工，是真正的理想的人、女英雄。她似乎没有建立任何功勋，但她的全部生活就是功勋。她的血洒在了那面红色的革命旗帜上。

为什么她是英雄，为什么她的生活是功勋？因为她用自己的劳动提升了人，使人变得高尚。认真思考吧，儿子，关于共产主义建设的目标：

我们以什么名义劳动，以什么名义制订并完成五年和七年计划？一切以人的幸福的名义。共产主义并非虚无缥缈，凌驾于广大人民大众之上。共产主义在人自身，在人的幸福之中。建设共产主义，意味着要为每个人、每个家庭造福，而没有物质和精神的富足，没有财富和文化的丰盈，共产主义是不可能实现且无法想象的。创造物质价值的挤奶女工所托起的并不仅仅是物质富足。没有这位普通、寻常的挤奶女工的劳动，也就没有巴赫慕托娃的优美歌曲，没有肖斯塔科维奇的交响乐，没有安巴尔楚米扬院士关于超新星的大胆设想……也没有你在读的大学、没有静谧的夜晚时光，在这些静夜里，成千上万的首都居民埋头于有趣的书籍，或去听音乐会、去剧场。

这位挤奶女工，她知道，她是生活的创造者。这是“普通”一词和普通人的理想的高尚非凡的本质所在。其中包含劳动创造这条根脉。假如没有千千万万的挤奶女工、农民、矿工和冶金工人，也就没有飘扬在世界上空的我们红色的革命旗帜。理想的人，不是圣像，不是外表闪闪发光的、完美无瑕的偶像。

理想的人和事物，就在我们的生活中。你认真看看周围，观察人们，尽量不从外表而从深处、更内在地观察一番——你会发现理想的存在。“没有高尚理想的人是可怜之人。”伊·谢·屠格涅夫这样写道。的确，人的头顶如果没有一颗指路明星——高尚的理想，那他的生活将会是黑暗无边地苟且度日。

我的儿子，祝你身体健康，精神饱满。热烈地吻你。

你的父亲

第五封信

你好，亲爱的儿子！

来信收悉。终于开课了。你欣喜若狂地讲述琳琅满目的无线电以及电子教室。你确定了自己的志向，我十分欣喜。假如你确信且生活也确认了无线电物理是你最钟爱的事业，那么你将成为一个幸福之人。但志向并非外部强加给人的某种东西。大概从中学二年级开始吧，如果没有那每天两小时在桌前对半导体线路图的研究，如果你不曾下功夫，那么你的这一志向也未必会出现。志向是成为天才的一株小小幼苗，会在热爱劳动的土壤上长成枝繁叶茂的大树。没有对劳动的爱，没有自我教育，这株小苗就会枯萎。

找到自己的志向，坚信它，这是幸福的源泉。马克·吐温写过一篇有趣的小说，其中写道：在“那个”世界里，没有天使，也没有圣人，没有天堂的无所事事，而是像在尘世生活一样，生活在天堂的人也是以劳动为生。天堂和尘世的唯一区别在于：天堂的人们按照自己的志向工作。尘世中默默无闻的鞋匠在死后成了著名统帅，而生前平庸无能但擅长书法的将军，却在死后对自己在司令部的一个文书角色心满意足。让读者厌烦不已、无人问津的长篇小说的作者，在金属车床旁找到了自己真正的志向。对教书育人感到枯燥无味，终生都因此备受煎熬的老师——他的学生们同样也叫苦不迭——竟然成了一名优秀的会计师。

这本精彩的小说我曾反复读过。假如“这个”世界也如此该多好。可常常事与愿违，令人遗憾。我认识许多不称职的专家：农艺师、教师、工程师、演员。他们并不热衷自己的事业，一辈子备受煎熬。最让人难过的是，这些人不懂劳动的欢乐，不懂劳动能让人受到鼓舞，能让人着迷。

至高的生活享受是什么？依我看，就是创造性的劳动，它与艺术有些相似。这种相似在于超凡的技艺。假若一个人热爱自己的劳动，那么他就努力使他的劳动过程和劳动成果中包含某种美丽的东西。我已和你在第一封信里谈过，关于园艺家兼林学家叶菲姆·菲利波维奇的故事。我一生中没见过多少像他这样的人，总共也就十几个吧。他相当了不起。就劳动技能而言，我把他和斯坦尼斯拉夫斯基[1]、普拉斯托夫[2]、肖斯塔科维奇和阿列克谢·乌列索夫（我会和你讲讲这个人）相提并论，这没有丝毫夸大的成分。他“塑造”“创造”“修剪”一棵树，如同斯坦尼斯拉夫斯基创造形象，以及普拉斯托夫在一块粗麻画布上创造人生。我见过他反反复复从各个角度端详一棵未嫁接的小果树，他在观察，正如他所说，在寻找唯一适合嫁接的点。找到了这个点，一棵小小的根芽就将出现，从此他开始了伟大的劳动魔法。通过劳动，人成为骄傲的创造者和自己事业中的艺术家。叶菲姆·菲利波维奇创造了令人惊叹的树冠之美。得在他身边工作数年，方能学会这技能，运用这技能，随之也将

[1] 斯坦尼斯拉夫斯基（1863—1938），俄国演员、导演、戏剧教育家、理论家。他有一句名言：房屋由一块块砖建造，而角色由一个个小的动作构成。
[2] 普拉斯托夫（1893—1972），苏联人民艺术家、苏联美术研究院院士、斯大林奖金和列宁奖金获得者。

认识人，理解美和艺术。在劳动中有无上幸福。“尘世的幸福在哪里？在认识中，在艺术和工作中，在对于工作的熟练精通中。在认识工作本身蕴含的艺术的同时，也将认识自然、世界和生活的意义，还会认识心灵，以达通慧。没有比这更高的幸福了。”

认识劳动本身蕴含的艺术（美），记住这点，儿子。在劳动中认识美，这就是真正的劳动。从一千棵三年生的树苗中，我永远找得出经叶菲姆·菲利波维奇之手栽种的那棵。他栽种的树苗都向着太阳，树冠中枝丫的分布，好像能让阳光在每一片叶子上跳舞，树叶彼此不挤压。

“您怎么做到的？”有天我问叶菲姆·菲利波维奇。他回答：“人的智慧在于五个手指的指尖。我从三岁开始劳动。我建议您也这样教育学生。每个人都应在自己的事业中成为主宰——这一点不能忘记。假如我学做工程师、医生或教师，可能一无所成。我或许会变成只为糊口而工作的人……应在每个人身上点燃他的‘天赋之火’——只有这样，他才能成为真正的人。”

志向是由塑造人的教育者创造的，但主宰者的天赋本身也创造着志向。你喜欢巴赫的音乐。巴赫家族里有五十八位音乐家。他的曾祖父是音乐家，祖父是音乐家，甚至这个家族互相通婚。似乎每个孩子出生前都已注定是成为作曲家还是杰出演奏家。众所周知，他们家族近百分之八十的新生儿都成了作曲家，成了音乐世家的一员。

为什么会这样？为什么巴赫家族中竟出了五十八位著名音乐家？因为这些人自己创造了自己的志向。这个家族中，每个孩子人生的最初印象就是音乐；他们所经历的最初自豪，是欣赏音乐美的自豪，创造和构建音乐的自豪。

人是自己志向的主宰。我对你的兴趣没有特别地在意：啊，成为一名无线电物理学家多幸福啊！啊，我多爱无线电物理啊！人可以爱已为之献出自己部分心灵的事物。你对无线电物理有兴趣，这很好，但要记住，这仅仅是兴趣而已。兴趣要变成志向，须付出几倍的劳动。乘数比被乘数大许多倍，才会得出可观的积数。

想提一些建议给你。如今科学飞速发展，假如你想成为自己行业中的专家，就要注意学习在无线电物理学领域的新成果。课堂上所教授的只是必须要掌握的知识中的九牛一毛。你要给自己立下规矩：每天，不折不扣是每天——哪怕在节日里、休息日里——阅读并钻研至少五页关于无线电物理以及相关科学杂志的内容，比如电机学、仿生学、天体物理学、宇宙仿生学等。我还要再次重申：要每天去做。比如说，“五一”节马上到了，别忘记自己每天的五页阅读。没人再来监督你了。记住，在科学的交叉领域里往往会诞生新发现，隐藏了许多未知。因此，对综合科学要特别留意。

我使用“钻研”一词并非偶然。大学生应深入理解、消化事实和结论，只有经过理解的内容，才在工作笔记本里记录下来。别抄写科学文章或教科书，应记录储存在意识中的内容。你对视为自己志向的研究对象理解得越深刻，它就越可能成为你的志向。

还有个建议，任何专业都有理论研究、实践工作和创造活动。无线电物理中的实践工作可能相当有趣。不要放过任何在实验室和工厂工作的机会。安装无线电半导体和可用无线电控制的模型，继续做你在中学里做的事，但内容会更加复杂。永远不要满足于中间产品。要追求完善和极致，其中有培养志向的途径。第一次不成功，再来一次，别嫌弃简单初步的工作。锻炼自己的双手吧。努力让自己的双手成为你最重要的工具，成为大师的仪器。

我手头有一篇关于手工的有趣文章。我把它和信一起寄给你。希望你看后能像我一样，心中有叹为观止的感觉。科学证明，人手可处于与创造性劳动相关的上亿次工作状态，人的思维和每一种状态相伴相符。这就是美、创造、真正志向的秘密所在——手的非凡技能。如果你想做一名真正的工程师，就让自己的手动起来，成为创作者、诗人。

请你看一下书店里是否有心理学新书。如果有，就买下寄来吧。

衷心祝你身体健康，精神饱满。拥抱你，吻你。

你的父亲

第六封信

你好，亲爱的儿子！

我很高兴，你在最近的一封信中和我辩论。好，简直好极了。看来志向问题是最让人激动的问题之一。你责怪我过于高估教育和自我教育的作用，没能公允评价人的自然天性。是的，贝多芬十五岁已写出音乐作品，但这首先说明了他幼年独一无二的优越条件。假设他所处环境中没有乐器，没有懂旋律的人，那么他也成不了音乐天才。我深信，在千千万万的人之中，自然给予的天赋依然在白白消逝；如果他们在童年能获得有利于发现他们天赋的条件，那么他们本可成为杰出的学者、诗人、作曲家。共产主义理想崇高的人道主义也正在于此，不会有任何一个天赋被埋没，所有天赋都能发展为才能。共产主义以此为理想，让每个人成为有才干的钳工、电工、农艺师、畜牧专家——我对这理想坚信不疑。我认识一些这样的人，他们之所以成为天才劳动者，恰恰是由于教育给予了他们让天赋活跃起来的创造精神。

共产主义在于人自身的自然内涵与社会内涵的了不起的和谐。只有基于自然给予的天赋，教育才可以是理性的。我爱自己的本职工作——

教育，因为它的主要内容是了解人。在教育过程中，我首先要认识人，详细观察他心灵的各个侧面，其中暗含着这人未来将成为的样子，即被巧妙碰触到并擦亮磨光后的样子。能看见人的丰富的心灵层面，这是教育高超的技巧。一个男孩站在我面前，他数学考试勉强及格，学习语法也不轻松，既没有数学思维也没有艺术思维的亮眼表现。但他有的是什么？他有着和所有人一样永不枯竭的心灵，有我们还未发现、未看到的天赋一面，其中藏着他的幸福、他的未来，等待教育者发现并擦亮磨光这一层面。也许他会是天才机械师、天才农民、天才细木工，只要你能打开他对应的心灵层面。

我坚信那个时代会到来：在我们社会中没有一人成为废人，碌碌无为地混日子，学无所成，失意彷徨。每个人心灵的光明面都会被开启。这还只是一个梦想，但它必将到来。我坚信教育的力量。

我认识一些人，热爱看似最简单、普通的劳动。他们最终成了自己行业的诗人、艺术家，技艺登峰造极——所有这一切源于他们的人生曾被幸福、和谐所照耀，自身有天赋，并得到了培养。我认识我们国家一个出类拔萃的人，两次荣获“社会主义劳动英雄”称号的阿列克谢·乌列索夫。他是一名电焊工、建筑工人。

他说：“当我还小时，就爱去工地。看到一个同志在焊接，我像被魔法迷住了，跟在他后面央求：‘教教我吧。’我学会了。我还在北方参与了城市和水电站的建设。你是大地的创造者，这种幸福在生活里哪怕只有一次也是好的。哪怕就一次，当你看到房屋建成后，人们迁入新居；你参与建设的发电厂和第一批机组发送出电流。对我来说，这就是莫大的幸福。”

另一位同志，我国知名的畜牧专家斯坦尼斯拉夫·伊万诺维奇·施泰因曼。他这样讲述自己的劳动："我从来没飞行过、登过山或航过海。我人生大部分时间在畜牧场和牛犊棚子里度过。但当我回忆过往生活和工作时，我觉得自己像旅行家，多次在陌生道路上探索，不知道转弯处等待我的将是什么，也多次感觉自己像登山运动员，向雄伟的顶峰攀登……"

深入思考这些话吧，儿子。说这话的人从前曾是雇农牧民，他家境贫寒，从未上过一天学，可因为坚持不懈地劳动，成了一名杰出的学者、科学博士，成功培育出科斯特罗姆良种奶牛。他一生从未离开过"卡拉瓦耶沃"国营农场。

这又是一个印证，人是自己志向的创造者。唯有经劳动才能走上智慧、创造和科学之路。

确定自己的志向，意味着要有所作为、有所创造，而不是背诵现成真理，不是在自己的感觉中掘地三尺，试图找到问题的答案：爱不爱这个工作呢？人应爱他为之投入自己一部分心灵的事物，这才是关键。我还想再次建议：永远别轻视最简单、最"原始"、最"脏"的劳动，因为创造正由此开始。

再见，亲爱的儿子。

祝你身体健康，精神饱满。

你的父亲

第七封信

你好，亲爱的儿子！

收到你简短的信，我也以简短的信回复。你要钱买晶体管收音机，四十五卢布。你在信里说几乎所有大学生都有晶体管。

对于需要的物品，我从来不吝惜钱，但买晶体管不行，因为晶体管已是全民公害。记得吗，我去看你，我们到过街心公园。美丽的公园里绿树成荫，但不见小鸟，都被晶体管赶跑了。无论昼夜，每从灌木下回荡着哀号一般、呻吟一般、悲惨凄厉的吼叫声。每个人力图用自己的晶体管压倒别人的声音。没有了平静，大自然音乐也消失了。（你知道这是什么吗？树叶的沙沙声；晴朗天气里树叶唱出的一个旋律，起风时又是另一个旋律，暴风雨前，寂静也在歌唱……）很快，村庄的小树林里也将有用晶体管发出的哀号声了。一个周日，我走进小树林想欣赏大自然音乐。可刚在草地上躺下，就听到了爵士乐的嘶吼……

你的手风琴演奏得很好，真不想在闲暇时拉拉手风琴吗？或学小提琴，因为你音准好。买下一把小提琴，学演奏吧。把晶体管忘了吧。对于城市中的老年居民们来说，这小匣子可恶——不能开窗，因为那呻吟嘶哑之声马上会传入。拒绝使用晶体管吧，哪怕是以尊重人的名义。设想一下，周日几千人去森林、公园散步，假如所有人都带上晶体管，会是何种景象？休闲场所将变成地狱，还是不要推波助澜吧。今天，一部分青年人用纯粹满足自己要求的、消费的态度对待精神价值，特别是对待音乐，这让我很不安。不想学演奏小提琴或者科勃扎琴[1]，不想唱歌，录在磁带上的音乐就让他们满足了。键一按下，音乐自来，无须学习，无须思考。这很容易导致十足的愚钝。

等你回来后，在晴朗夏日，我们要一起去听听大自然的音乐，晚霞的音乐，七月夜里星星的音乐，忧伤落叶的音乐。你难道忘了全班曾到田野上去听云雀歌唱吗？

给你寄去四十五卢布。买把小提琴，自学演奏吧。不要抱怨。如果你不想学小提琴，就用这些钱买些艺术类书籍。不要错过《乌克兰艺术史》第一卷，应该很快就会出版的。

祝你身体健康，精神饱满。拥抱并亲吻你。

你的父亲

[1] 科勃扎琴：乌克兰一种老式弹拨乐器。

第八封信

你好，亲爱的儿子！

你的最后一封信让我忧心忡忡。你把自己的学习看得过于轻松。学习未曾开始，你已得出结论：大学学习比中学容易多了；可以自主地集中精力学习教材，没有那种把成人变成小孩子的每日耳提面命。

别急于下结论，等测验和考试结束后再说吧。要懂得一个简单的道理：你若想成为一名真正的、有远见卓识的专家，那么大学学习是极其不易的。此处没有绝对轻松的课程。假如中学学习仅仅是围绕科学的启蒙读物的话，那么大学里你将打开伟大科学书本的一页，并理解它。我再次提醒你，大学生应该钻研，不是死读课本，而应掌握科学。

首先你该懂得，听讲并非表面所见，是一件轻轻松松的事。你面对的是讲述系统科学教程的学者，你不仅应理解科学真理，还应理解学者的观点、信念，感受他所属的学派。在他所讲的众多课程里，明了其主要思想和贯穿的信念。

会听课是极重要的能力。还在中学时，我们就力争赋予听课最基础的技巧，但被严格的课程体系、始终不变的知识体系所束缚。大学就另当别论了。听课记笔记的同时，需要学会深入思考、理解领会、举一反三。我建议你在笔记本最后几页（为了提纲挈领），划出地方专门记录关于个人深入思考和举一反三的问题，也可把所思所想记在课文提纲中(可用短短几行记录)。

没有举一反三和深入思考，听讲就会沦为机械过程，大学生就会沦为记忆“活机器”。像怕火一样害怕机械背诵吧。无思索地死记硬背课堂内容使人愚钝，但危险还不止于此。假如大学生只记录，可以倒背如流，为的是应付考试和回答问题，假如他的脑力劳动中再无其他，那对于他，大学的脑力劳动就会变得难以应付，他的记忆将变得“千疮百孔”。哪里有死读书本之人，哪里就有“照着夹带抄录”，这两者的性质是一样的。这最可怕，是创造理性的毁灭。采取作弊方法注定使自己在事实表面上如蜻蜓点水一般滑过，让自己沦为一个懒惰、知识不足、发育不良的人。大学的“照着夹带抄录”，这是思想懒惰的表现。它恰好是一个人不善于举一反三和深入思考的后果；他没有任何不懂的，只是力图记牢、记牢、记牢……

我们的时代若非每天和科学相衔接，工作将会非常困难。不管你在哪里工作——工厂或实验室，科研院所或中学——永远别忘记，科学已进入社会日常生活，成为我们的生活习惯。如果你的目标是成为一名科学家，你得知道，你在自己肩膀上压上了比任何其他工作都沉重百倍的劳动。每一天，不折不扣是每一天，从青春期到生命最后一息，每天连续数小时和你对话的将是教师或书籍。为当科学家所做的准备，得从中学板凳上、大学板凳上开始。中学和大学是获得科研的最初经验的地方。书籍、书籍，还是书籍，应永远进入你的精神生活。对于多数应酬应该拒绝，强迫自己做更多有意义的工作。我每天工作十四个小时，有时十六个小时，你对此很清楚。不是将来某个时间去准备，而是今天就开始。科学不仅需要聪明才智，还要莫大的勇气、勤劳和忍耐。愿你勇敢、勤劳而忍耐。

祝你身体健康，精神饱满。

你的父亲

第九封信

你好，亲爱的儿子！

我无意中成了一个证人，当你的一个同伴在读辩证唯物主义提纲时，问另一个人："如何理解世界的可知性？"当时我被那枯燥的、七拼八凑的回答震惊了。我感觉两人对哲学都没有兴趣。我不禁想起三十年前的一个傍晚，我们四个语言文学系的大学生，四个一年级新生激辩的正是这个问题——世界的可知性。

这种消极、漠然的态度从哪里而来呢？因何科学真理不让心灵焦虑，不让人心激动呢？这些问题让我不安。想给你讲个非常有教育意义的故事。关于一位年轻姑娘的遭逢际遇，大约十年前，她从我们共和国一所学院毕业。故事的教育意义就在于：如果知识不能触及人的心灵，不能震撼人心，不能化作人神圣而宝贵的挚爱时，那么他的精神将何等空虚。

我曾和一位三十岁的妇女交谈过。她有一张美丽、聪慧、圣洁的面孔。她讲述了自己的坎坷经历，乍一听，这经历在我们国家可能会很奇怪，难以理解。

我生于正直、勤劳、严肃的家庭，母亲和父亲有虔诚信仰。青春早期我的心灵世界很像卡捷琳娜——奥斯特洛夫斯基《大雷雨》中的女主人公的精神世界。同样非常热烈、容易兴奋，但属于孤僻、不爱交际的类型……同样富有同情心、敏锐、易感……我们在中学学过《大雷雨》。我读了这个悲剧，屏住呼吸、全神贯注地读完了。这对我来说是一个真正的发现：我好似遇到了活生生的人，想和她分享自己的思绪和忧愁。卡捷琳娜在我身上激起了观念和情感的旋涡。要知道我当时和她一样笃信上帝，相信上帝全知全能。但卡捷琳娜悲剧性的死点燃了我心灵中怀疑的火花：人为何要用死来证明自己正确？为何会这样，可怕的人为何用主的名义制造出了恶？

是的，我信仰过上帝。母亲和父亲都是有信仰、正直的人。按一些人类学家的观点看，那些经常做报告的人，包括教师、作家也这样认为：如此的组合——信仰主和正直，简直不可思议。在他们看来，人一旦信奉宗教，那么他身上就存在卑鄙、假仁假义和残暴的影子。这个观点虽未曾公开宣扬，但从细枝末节中可感觉到。我就是从老师的话里感觉到的——从他对卡捷琳娜的宽容：她误入了歧途，可能要求她什么呢，她生活在那样的蒙昧时代……这种所谓的宽容令我愤怒。我感觉，这也是对我的宽容，也是对我母亲、父亲的宽容。从老师讲课中的每个词中都能感觉到：所有信仰主的人身上，有一种显微镜下才可见的一丝傻瓜成分。说实话，这样的人虽然是误入歧途，但还是傻瓜一个。可我不认为自己傻。我不想做傻子。

我的经历在很多人眼里是怪异的，不合时宜的。中学毕业，我考上自然系，大学毕业时成绩优异（他们这样认为，因为我的毕业论文分数很高）……可我还是去修道院了。对，当了修女，成了僧侣。

许多人觉得我伪善，不相信我宗教情感的真诚。实际上，很多人知道我上过大学后就对我发出责难：难道二者可同时并存吗——大学的自然科学系和宗教，达尔文学说的高才生，还信仰上帝。他们觉得，科学唯物主义教育在大学毕业时就应结束了，可又去当修女是怎么回事……对，许多人视我为伪君子。把进修道院的举动视为未经教化，太空时代受过高等教育的人居然信奉上帝……还有人猜测我有某种个人悲剧——失败的爱情……认定原因就在这里。

但一切并非如此。也许这的确是让人摸不着头脑的怪事一桩，但正是在中学学习达尔文学说的课堂上，在大学自然科学系的课堂上，坚定了我对主的信仰。

您问我这该如何理解。是这么回事：在修道院里待过两年后，在修道院高墙之内明白了宗教世界观和宗教道德的本质，我成了无神论者，现在我可以作为学者谈论一下这事。问题就在于中学时我像是某种“活机器”一样去背诵和再生产知识。从一节课转到另一节课，从一门课程转到另一门课程——关于物质科学真理，关于复杂生化过程，关于在遥远星球世界生命存在的可能性，关于宇宙起源。但所有这一切究竟为了什么？为了在记忆中记住并留存，然后组织语言，回答问题，得到好分数。一种思维定式衍生出可怕的风格：积累知识只为让它们先保存在头脑中，以便有朝一日从知识中解脱出来。我也是如此，中学回答教师提问，大学回答教授提问，从一份知识中解放出来后，如释重负，再接再厉掌握新的知识。

无奈所有已掌握的知识好似意识表面的蜻蜓点水，没触及个性。教师和教授们没对我说过：认真思考、仔细斟酌、亲身证实、体验并感觉吧，好好看看周围的世界和人。

现在我可以评判文学在我的精神生活中所起的作用了，这是中学唯一关于人道学[1]的课程。我认为文学和其他课程完全不同。除了文学常识和文学水平之外，应与人交谈关于人的观念、情感，而不是一份应学的知识，只为过段时间得到好分数后，从中解脱……现在我深信，在分析《大雷雨》中的卡捷琳娜时，假如老师能明白我的需要，明白要在我心灵中创造什么，假如他能用这样的思索让我充满高尚精神，这思索就是人类最高的幸福——为地球上的幸福而斗争，这种斗争每一个人都可以做到——那么我的生活会是另一个样儿。我不会白白耗费青春时光。我不是专家，不能判定怎样教授文学，但我知道这些课应是对人的认知，对自我的认知。

中学其实没有关于人道学的课程。我渴求人道学知识。现在我常疑惑地询问熟悉的大学文学教授：为什么中学课程里没有一部陀思妥耶夫斯基[2]的作品？为什么没有科罗连

[1] 人道学，俄罗斯词汇。关于构建人心智品质的理论的科学。
[2] 陀思妥耶夫斯基（1821—1881），俄国作家。代表作有《穷人》《罪与罚》《白痴》《群魔》《卡拉马佐夫兄弟》等。

柯[1]的作品，没有深谙心灵的作家如加尔申[2]、格列布·乌斯宾斯基[3]、库普林[4]、萨尔蒂科夫·谢德林[5]、巴乌斯托夫斯基[6]和普里什文[7]的作品？为什么不研究甚至不推荐阅读能够发现人的忧伤和痛苦、可以帮助人认识世界的伟大作家列夫·托尔斯泰和安东·契诃夫的作品？为什么不研究《堂吉诃德》和《浮士德》？怎能想象有教养的人没读过《堂吉诃德》——这部关乎善、激情、思索和奋斗的百科全书？

我在修道院成了一名无神论者，阅读宗教书籍并且思考。我努力要在《圣经》中找到人的崇高，却越发恐惧地发现，宗教贬低了人，把人从高处向下引——向着一粒灰，向着尘土，向着渺小。我那时才开始对中学和大学所学的知识认真思考。我在头脑中一页页复习了生物、物理、化学、历史、文学、辩证唯物主义和历史唯物主义。一切对于我都是发现，我对于一切都好像头一次接触，一切开始走入我的心灵。我回想乔尔丹诺·布鲁诺的事迹。在一个灰蒙蒙的雨天，我坐在教堂忏悔室里，脑子里复习着历史课。突然间全世界被一束阳光照亮，我好像看到成千上万的罗马人，闪着好奇、过节一般快乐的眼神，

[1] 科罗连柯（1853—1921），俄国作家、社会活动家，曾因与革命家来往被流放到西伯利亚。
[2] 加尔申（1855—1888），作家、文艺批评家，俄国19世纪70年代文学的优秀代表之一。
[3] 格列布·乌斯宾斯基（1843—1902），俄国作家，同情民粹主义运动。
[4] 库普林（1870—1938），俄国作家、翻译家。
[5] 萨尔蒂科夫·谢德林（1826—1889），俄国杰出的现实主义作家。
[6] 巴乌斯托夫斯基（1892—1968），苏联作家、电影剧本作者、教育家、记者、战地通讯员。作品被翻译成多种文字。
[7] 普里什文（1873—1954），苏联作家。

目睹一个人的绞刑——这人勇敢地相信，世界并非《圣经》所示。看到这幅明确、生动，感觉像在眼前的画面时，我站了起来，奔向林荫道，登上小山，从山顶看到河流和远山美景——那一刻我想看见世界，看见生活，欣赏生活。我为乔尔丹诺·布鲁诺的功勋而骄傲。这就是他，真正的主。如果该祈祷的话，那应在他面前。我笑了。笑的原因是，我比较了两个形象——永恒的受难者上帝和战士乔尔丹诺·布鲁诺，后者教导我们忍受苦难并寄希望于另一世界给予奖赏和尊严。我觉得上帝是多可怜和微不足道！我开始怜悯上帝，我笑了起来。

我感觉到自己作为人的骄傲。中学学过的一切，在修道院里被我重新考量。遗憾的是，我如此宝贵的独立反思来得过于迟了。青春时光已荒废，二十五岁时才去发现那些本应十六岁、十八岁应发现的问题。最主要的原因就是在青春早期，我未能发现那本应当在艺术作品里发现的人的伟大。

脱离宗教，对于我并不像常人所描述的那般苦闷和痛楚。对于我，脱离是快乐的。我仿佛重生了一般。我对修道院院长陈述离开的理由。她清楚了我的观点对她的“羊群”是何等危险，赶忙把我送将出来。当天，我给心爱的人写了信……他曾经很痛苦，为我去修道院深感不幸。收到信后，他像插了双翅一样来见我。我们结婚了，我很幸福，我们有个儿子……

以上就是这位妇女的自述。我曾多次思考这一匪夷所思的命运，你再思考一下吧。想想该做什么，才能让科学真理撼动并触及年轻的心灵。

把你关于这位妇女的奇特经历的思索写下来，以及部分青年对书籍、科学、共产主义理想麻木不仁的原因，全都写下来吧。

再见，亲爱的儿子。我已在等你放寒假归来。拥抱你，吻你。祝你身体健康，精神饱满。

你的父亲

第十封信

你好，亲爱的儿子！

你对农庄主席的一番话表示怀疑，他在会上对批评他的大学生说：“你说的是真话，但真话本身不能打胜仗。应把真理用肩扛起来，像扛一门炮渡过河去。”你很气愤，认为批评他的大学生是对的，集体农庄每年损失 2000—5000 公顷良田，原因是土壤流失。二十年前还是小麦抽穗的地方，现已成沟壑。“大学生说的是不是真话？”你问我，“如果是，那为什么主席回答的态度好像大学生是蛊惑家？”

我们生活中的许多问题都极为复杂，儿子。我给你讲一件往事。

从童年起我就记得我们村里的一个人。大家叫他扎哈尔卡，他曾有姓氏来着，但谁都记不清了，只称呼他“实话行家”。为什么这样叫他，故事的全部内涵就在于此。他从不得罪人，公道、正直、遵守规矩，可不事稼穑。集体农庄建成了，别人都参加生产劳动，有的在田间，有的在猪圈，有的在马厩。他呢，到处闲逛，无所事事。而他永远振振有词，实话实说，因此人们给他起了这个“实话行家”的绰号。晚上集体农庄庄员们坐在办事处的院子里闲聊，聊聊农庄的过去与未来。扎哈尔卡也来了，说起了大实话："该撒种了，可不下雨。土地硬得像石头一样，种子播下也发不了芽。"说完后他沉默不语。

还有一次是说："今年的初寒怎么来得这么早？一夜之间所有的西红柿都挨冻了。"

终于有一次出了事。那是一场夏季暴雨过后，扎哈尔卡跑到集体农庄的院子里，走到庄员们面前，蓝眼珠盯着天空，报丧似的说道：

"橡树山谷下了一场冰雹，上千亩的小麦被冰雹打趴下了。"

庄员们知道扎哈尔卡讲的确是实情，但还是忍无可忍地把他痛打了一顿。他们脱下扎哈尔卡的脏裤子，用光溜溜的柳树枝和荨麻条给了他应得的教训。为什么扎哈尔卡的实话会把庄员们激怒？因为他冷漠的、事不关己的话语传达了这样一种态度：瞧，实话我给你们倒出来了，我袖手旁观，反正与我无关……

百姓不喜欢这样的"大实话爱好者"。我猜想农庄主席也已厌烦了关于土壤流失危害的闲扯。据我们集体农庄的经验，和土壤流失做有效斗争困难重重。

真理是一个包罗万象的、复杂的、容易混淆的概念。没有抽象真理，没有一般真理；只有唯一真理，它应给人们带来益处，为人们谋福利。谁试图以真理之名充当真理宣传员，形象地说，就是不打算把真理变成为人们造福的工具，谁就可能落得扎哈尔卡同样的下场。

真理在我们所见所做的一切事物之中。你希望找到真理，当你为了让人们生活得更美好而去探索揭示真理时，探索真理也是艰巨的劳动，假如你想找到真理，就要去探索事物的根基。这里讲一个有趣的故事，是我们的四年级小学生编写的。如果你能思索一下这个故事，我想它可能会帮助你理解真理的本质，最主要的是它将教会你观察并看见真理对谁有利，怎样把它变成为百姓、为劳动者造福的工具。故事名字叫“蜜糖饼与麦穗”。

清早，太阳初升前，一个人在衣袋里装了一块蜜糖饼就去田里了。他沿田垄漫步，观察着小麦。他摘下一颗麦穗，剥出麦粒，用嘴尝了尝，心满意足地笑了。他把麦穗收入口袋。于是麦穗和蜜糖饼就见面了。

“你是谁？”蜜糖饼发问。

“我是麦穗。”

“哎哟，你满身刺，为什么会让你存在？你能带来什么好处吗？”

麦穗笑了笑，微微颤动了一下芒刺胡须，答道：“没有我，就没有食粮，没有面包干，也不会有你这块蜜糖饼。”

蜜糖饼吃了一惊，尊敬地看了看麦穗，并给麦穗让出位置。

蜜糖饼说：“就是说，一切都源于你。可谁是你的上司呢？”

麦穗回答：“是劳动。它创造一切。但是劳动在人的双手中。劳动和人最重要。”

这个故事值得深思。作者是四年级学生。为了让孩子达到这种高度，教师应该常年往孩子们心里放置自己的情感、思想、信念以及自己的全部心灵。

劳动和人，人和劳动，是一切真理的生身父母。在对年青一代的培养教育中，至关重要的是如何让真理进入人的精神世界，我们培养的人如何进入真理世界。如果花开了，从中可能结出扎哈尔卡这样的果实，那将会是教育者的不幸（有扎哈尔卡这样的人混迹于教师队伍中，那更是学校的灾难）。我们的事业中有一件“圣物”——信念，教育精英们为它书写了多少篇章，进行了多少争论，表达了多少思想。可迄今为止，还常常遇到这样一些人：有些人的胸膛是花岗岩（知识）做的，他的双足却是黏土（信念）做的。

为何会如此呢？因为青少年只把真理背诵了下来，没参与过为真理取得胜利进行的斗争。没有亲力亲为，没有让真理于创造、劳动和行动中显现出来。也许在中小学、大学的几年学习中，他们曾上千次听到过：为人民幸福而劳动，劳动光荣，不工作可耻等。可生活里会遇见什么情况呢？不久前我遇到一位摄影师，他是工业大学毕业的。他对我说，我们共和国内一所大学中有十来个毕业生不想去乡村当老师，而是落户城市：有的当了发货员，有的在售货亭卖水，有的在商店销售蔬菜。

为何劳动使人光荣这样崇高的真理没能占据这些人心灵的中心位置呢？多年来，下面这种思想让我难以平静：只有当我们信念中这一最崇高的真理通过学生的劳动和个人努力而获得时，我们的教育才成为真正意义上的共产主义教育。劳动是最伟大的美，同时也是艰苦繁难的事业。认识这个真理，正是教育的秘密之一。

祝身体健康，精神饱满。拥抱你，吻你。

你的父亲

第十一封信

你好，亲爱的儿子!

是的，最困难的应成为最爱的，其中有辩证法和人形成坚定信念的逻辑。唯其如此，人才会珍惜自己本应珍惜的全部生活。你不能把对劳动的爱从衣袋里掏出来，放到一个小小人儿手上，就期望他能热爱劳动。这是宝藏，需要用劳动且只有用劳动方能获得。遗憾的是，有些人相信，只要给年轻人更多的物质财富，就可让他们了解我们生活的快乐，和生活在社会主义社会中的幸福。

我希望你思考一下这个让我难以平静的问题：年轻人生活的快乐和幸福来得是否过于容易了。我们在小伙子和姑娘们的心中培养起了许多需求，然而很可惜，最重要的需求——对共产主义劳动的需求——却很少。是的，正是对共产主义劳动的需求。我认为，它是个人内心深处对劳动的向往。它是当一个人不为社会、不为人民劳动就无法生活时的心灵状态。人只有发现了劳动的欢乐，劳动才成为必需。这一欢乐没有其他任何欢乐能与之匹敌。旅游、运动、休闲、艺术珍品带给人的欢乐都无法与之相提并论。劳动的欢乐得之不易，如同婴孩出生必须经历痛苦。通向劳动的欢乐之路很艰难，需要有登山运动员的顽强意志。沿着山石和峭壁攀登时很少有乐趣，但为表现自己、确立自己的声名和尊严，这是必不可少的。

使人感受到为了人们而劳动的无与伦比的欢乐，这是教育的使命。通过劳动获得这欢乐，是踏上自我教育道路上的人的使命。我了解学生的精神世界越多就越深刻地确信，像从大海的浪花里诞生阿佛洛狄忒一样，真正的人诞生于困境，那里土地被汗水浇灌，在那里体验着战胜看似难以克服的困难的崇高感受。这种感受仿佛一根线，将人的个体精神世界——需求和渴望——与社会利益和需求相连接。一位青年回顾自己有觉悟的生活的第一个十年，他看着自己栽种的根深叶茂的树木，看着灌木丛中正在成熟的葡萄果实，看着以前寸草不生的土地上小麦在抽穗，而这麦穗之所以生长，是因他用艰辛劳动将不长庄稼的黏土地变成良田——那么这青年永远不会将旧的橡胶套鞋丢弃林中，不会撕毁书籍，不会对泥土中一块生锈的废铁或散落于地的有机肥无动于衷。在他看来，公共财产比个人财产更宝贵，因为它不仅是个人的，还给人民以快乐。用艰苦劳动获得的欢乐，是培养良心的强大动力，终生牢记这一点吧，儿子。打个比方，良心是信念的捍卫者。当人还在孩童时代时，我们就要尽力把这捍卫者放在他们的心中。当你认识到了劳动的欢乐，从而在自己人生路上找寻这一欢乐，并把它作为个人幸福最重要的条件时，这捍卫者将在你心中日夜警醒。

你应教育自己，并准备好教育自己的孩子。在他的心灵里——那个重复着你自己的心灵里植入一个深刻信念：起码的生存资料——食粮——

需要用艰苦的劳动去获取，其中有不眠之夜、劳动的老茧、汗水和重重困难。回忆童年岁月吧。回忆一下，你们这些准备加入少先队的低年级儿童来到了寸草不生的荒漠，你们在上面种小麦，把荒漠变成良田的情景。你们抬来淤泥和腐殖土，重新掘土。这些事并不轻松。如果基于共产主义社会劳动的巧克力糖果一样的概念——全机器控制、机械化，那么这些劳动是难以忍受、痛苦、单调的作业。登山运动员对于遥远顶峰的热情也因攀登过程的单调而疲乏，但迈出的每一步都能使其更接近顶峰。对于你们，收藏麦穗曾是一个顶峰。用自己的双手种出的第一捧粮食、第一次感受到的公民的自豪感，这是真正的共产主义教育。在童年期就培养这种思想吧，记住，你将是一位父亲，在儿子身上重复着你自己，创造祖国的未来。一旦错过金色童年，以后再难和它相遇。记住，童年流过的每滴汗水等同于成年后数日的紧张劳动。童年里收获的每一捧麦粒，就像堆积如山的金色小麦，就像肥田沃野，就像老一辈多年的劳动。

不克服困难，没有超重负荷，就不能成为真正的人。通往崇高目标的路上，青春应是艰难的。只有在此条件下，我们建设共产主义的理想才会被每个人作为自己的目标所理解和体会。我们把你们领进了一座美丽的宫殿，它的名字叫共产主义社会。这座宫殿不是无忧无虑的聚会场所，而是一个蜂房，在这里付出要多于索取；它不是博物馆中的罕见珍品，而是一个建筑工地，每个人都应为之添砖加瓦。你正站在独立自主生活的门槛。要明白，如何做才能让我们今天的蜂房比昨天的更富足。你沿石径向上攀登得越困难，产生的劳动的欢乐越珍贵，你就会越深刻地认识生活的幸福。好好感受艰难吧，别怕。你将成为一个真正的人。

祝健康。拥抱你，吻你。

你的父亲

第十二封信

你好，亲爱的儿子！

你说得对：精神空虚始于青春早期，此时人们总是记忆背诵，而很少思考。你在信里抱怨："常常无暇思考科学真理的本质，得背诵，背诵，背诵……"

这的确非常遗憾。可是，当教师讲述知识时，为何中小学生和大学生没有同时思考概念的本质呢？为何强大的精神力量——我们思想的真理、伟大的科学真理，常常不能深入人心呢？一个姑娘进了修道院，我们觉得她行为怪异，让人吃惊。但许多人背离伟大的真理，背离美的价值，背离人道之美，而进入啤酒馆，到可疑的娱乐晚会去，我们却并不感到吃惊、担忧，为什么？

用人文精神教授知识、使授课充满崇高美好的情感——据我看，这就是中小学和大学教育的首要任务。你随时可听到，现在是"数学世纪、电子世纪、太空世纪"。所有这些是不错的、流行的表达方式，可没能反映出我们时代所发生的所有变化的本质。世界正进入人的世纪，这才是最主要的。有一种偏见完全无法理解，愚蠢之至，最近不知为何被大肆鼓吹：谁没有数学才能，谁就是劣等之人，不幸的可怜虫。假如我说出全部基督教福音编纂者浸礼宗教徒中那些具有中高等教育、毕业于自然科学系和技术院校所占的百分比，或许有人就会认真思考了，该如何称呼我们的世纪——数学世纪或人的世纪？

你渴望成为一名优秀的工程师，这很重要。但首先应努力成为一个人，这更重要。我们有责任现在就思考，而非将来某个时候：我们要向人的心灵中放置什么。我很担忧，大多数大学生中学毕业后就停止接受人文教育了，我指的是对青年人广义的人文教育——培养审美情操，培养细腻和美好的情感，培养敏感、关心他人的品质。为何与你朝夕相处的同学们如此冷漠地对待彼此？为何他们对和自己朝夕相处的人的所作所为、所思所想无动于衷？为何人始终没成为年轻人最重要的认识对象？为何对于你们，我的年轻的朋友们，认识人没有成为最有趣的事情？这一切根源于审美情操教育的落后。

克服心灵的空虚、精神的贫乏，不应只是某个人，而应是你们每个青年自己的事。我已在信里和你说过，在听课、读书或阅读报纸杂志时，应理解和思考概念，应在自己的头脑里建立起知识的框架。只有在此条件下，当你认识世界时，如果你把科学真理同你本人，同你的命运，同你的个性联系起来，共产主义理想对你来说才是神圣而虔诚的。如今你们正在根据辩证唯物主义研究世界的可知性，这看似只是一个纯粹的理论问题，和实践不沾边儿。实际上，这正是我们物质生活的富足安康和精神生活丰富的本质所在。认识周围世界，为的就是人的幸福。聆听关于世界可知性的课程时，你要想一想自己的实践工作，想一想用自己的知识、自己的劳动为我们人民的物质和精神财富做了哪些贡献。想一想探索自然的奥秘、认知世界、解释未知的事物给自己带来的巨大欢乐吧。给自己制订一个终生自我教育计划：因为大学毕业后，再过十年到十五年，至少有一半的科学知识将由崭新的、你没学过的知识构成。

人文教育、人道教育，也是自我教育的过程。让自己成为大写的人最重要。五年可以成为工程师，而学会做人需要一生的时间。培养自己有一颗人的心灵吧。美是心灵最重要的自我教育方式。这里指广义的美——艺术，音乐，与人为善。关于这个话题，我们还需要多聊聊。

我现在该走了——准备中学教学和教育工作体系手稿的出版。

拥抱你，吻你。祝身体健康，精神饱满。

你的父亲

第十三封信

你好，亲爱的儿子！

你的信让我非常忧虑。现在我只想着你写的关于年轻人犯下的可怕罪行。两个年轻工人和一个大学生杀死了一个人……杀人的原因仅仅是因为无事可做，因为琐事发生口角。

你所写的事让我反复思考青年和中学生教育，思考青年人的精神生活。我们国家的一半居民年龄都未满二十六岁——应记住并且经常谈论这一点，但不是温情脉脉地谈论，而应带着忧患意识。从中学毕业的人（或更早离开学校的人，从八年级就离校）不再接受智慧的、真正的教育者的言传身教了。大学里和技术院校，除了少数特例外，教育工作实际上不再进行了。可这项工作不可或缺。我掌握确切的数据，我曾大声疾呼，最严重的青少年犯罪（杀人、抢劫、勒索等暴行）在许多地方骇人地增长着。我们不能对此沉默。假如教育得不到改善，我们会守着数学、电子、太空这些字眼痛哭流涕的。我们不能对此避而不谈。成千上万的青年人正在发展成这样的人：杀人对于他们，像捏死只苍蝇一样无所谓。

这是怎么回事？难道可以对此沉默，或者平静地加以讨论？如果我们中有这样的人，何谈共产主义建设？法庭宣判枪决二十岁的青年杀人犯，从凶手衣袋中找到三卢布，当天晚上他用抢来的钱喝了一瓶伏特加，这件事竟然发生于乌克兰的中心城市克列明楚格。我们的青年人整体是优秀出色的，他们中有成千上万的英雄，但这丝毫不能让我们变得轻松。

对年青一代的教育采取放任自流的态度，我们的损失连数学、计算机都不能计算。如果那些主张普通教育等同于数学、物理教学的同志们能读一读这封信，一位母亲的儿子们——从十八到二十岁——都作为罪犯被宣判，那么这些同志就能明白，所有这些案件中的凶手，对我们的社会和体制有怎样的危险。比下面事实中蕴含的危险更大——一个从自然科学系毕业的姑娘，取得毕业证书后，去了修道院……

不能对此沉默，恶习正在年轻人中养成：去俱乐部、去跳舞或去运动场之前，先喝酒。酗酒会导致不幸。这不是一句金玉良言，而是令人遗憾而痛苦的真相，在苏联人飞入太空并打算飞往月球时，酗酒带来的痛苦非但没有减轻，反而在加深。

大约在两个月前，我到人民法院的会议厅，旁听一个十九岁小伙子的案件，他被起诉在舞场打架斗殴。法官询问被告人：“您的职业？”他回答：“流氓。”他公然挑衅，希望让自己显得勇敢，可结果并非如此。从这个被他故意用响亮音调说出来的词里，能听到一丝痛楚。这个罪犯首先让我惋惜遗憾。我怜悯堕落的人。我对那些让人堕落的人感到愤怒。我坚信不疑，该问责的首先是教育者。我指的是广义的教育者——父亲、母亲、教师、少先队和共青团委。该问责那个时段，当一个人还处在童稚或少年期，尚能够被塑造成材时，发生了什么？我一千次相信，犯罪的根源在童年和少年时代。主要的犯罪之根，是情感的、审美的心灵淡漠冰冷，是对世上一切鲜活美丽事物的无情、不关心的态度。一个男孩毫无愧色地捣毁花坛，折断小树苗，虐待小羊或小狗，就是潜在罪犯。对待又鲜活又美丽的生物冷酷无情，这已在他的心灵里扎下了犯罪之根。从对鲜活美丽的生物毫无怜悯之心到对人的冷酷无情，仅一步之遥。大自然在人的心灵里培植了人的善良情感的巨大音域。我愿把这一音域比作有上千根弦的神奇乐器——从最纤细的柔情亲切到准备着并非为生存而斗争，而是为了人的尊严去死。但是假如人的心灵没有被培养教化，假如这上千根弦没有被一根根调好，那么这乐器永远是一个沉睡的巨人。这件神奇乐器中最微妙细腻的一根弦是人道。你将会有孩子，将会担忧他们能否成为真正的人。那么你一定要知道：在人的塑造中最为要紧的是培养一种把生命视为最宝贵、最无价的财富加以珍惜的能力。一个人童年时对他人的欢乐和痛苦感同身受，随时准备着献出自己的快乐与富足安康，为了父母、兄弟姐妹、爷爷奶奶不再痛苦伤心，这个人是永远不会对他们动手的。在人的心灵中调好最微妙细腻的一根弦——人道，意味着首先要教会小孩子为他人创造欢乐，并体验到为别人创造幸福是自己最大的幸福。

我认为，你和每个青年都会用得着父辈关于如何培养自己孩子的教导和指教的，如何避免最危险、最可怕的恶——不人道、麻木、残忍的发生。瞧，不久前在基洛夫格勒刚刚发生的事，一个十八岁的青年用刀捅入一个十六岁孩子的后背，只是为了抢他的一块手表（手表其实完全坏了）就把他杀死了。这种残忍、惨无人道是从哪里来的？把刀捅向一个路人，这兽性是从哪里来的？我深入研究了凶手的童年和少年时期。

原来，他从来不为他人的快乐做任何事。没种下过一棵小树苗。没有养过一朵花。没给妈妈送过一个用自己双手种植并培育的苹果。不会控制自己的欲望，为所欲为，任性又刁钻古怪。他成了没有心灵、冷酷无情的人。对于他来说，千人一面，人们没有面貌和个性上的差别。

但认为对罪犯行为负责的只是家庭、学校、少先队和共青团委，这种想法是错误的。在我看来，进入了少年时代，到了十二岁，人就应该开始自我教育了。在青年早期，从十六岁开始，自我教育就变成每个人——每个中学生、大学生最重要的义务。我想知道你对自我教育的观点，你认为什么是最主要的？

亲爱的儿子再见。祝身体健康，精神饱满。拥抱并亲吻你。

你的父亲

第十四封信

你好，亲爱的儿子！

谢谢你诚挚的、稍显杂乱无章的来信。我高兴，因为它诚挚，也因为它杂乱。也许这封信不可能有另外的样貌：因为你急于说出让你激动的一切。

你认为在自我教育中，自律最重要。要学会迫使自己工作，树立目标，并努力实现它……意志在自我教育中当然是主要的。但我认为，意志是自我成长的结果，它的本质更为深刻。

自我教育始于自我意识。年轻人生活中最复杂和最困难的一件事就是能跳出“小我”，从旁看见自己，同时能看见世间高尚非凡的、英雄一般的人。

建议你在书中了解更多这样的人，他们到达了人性之美的巅峰。我们时代有这样的人，其人生像丹柯[1]所建立的功勋一般精彩。读一本小书，米哈伊尔·帕尼卡哈——来自第涅伯罗彼得罗夫斯克地区的一个二十岁的共青团员，他在斯大林格勒围困的战役中烧毁了法西斯的坦克，

[1] 丹柯，高尔基小说《伊则吉尔老婆子》（1895）中的主人公，他牺牲自己，用自己燃烧的心拯救了族人。

自己也在烈火中牺牲；读后你就可以看清自己周围的世界，用公民的目光打量自己。当他准备将引燃了的燃烧瓶向行驶到近前的法西斯坦克投掷时，一颗子弹打中燃烧瓶，他身上的衣服着了火，他像燃烧的火炬一样冲向坦克，用自己燃烧的身体焚毁了坦克。连法西斯士兵们都停了火，被他的行为震撼了。米哈伊尔·帕尼卡哈被称为伏尔加堡垒的丹柯。世上还有什么能与这功勋相比？他使得斯巴达战士、温泉关之战中英雄的功勋都黯淡无光。如果你看到为了祖国而牺牲自我的活的火炬时，不可能感受不到它照亮了你心灵里的一切，也帮你看到自己心灵里最珍贵的一角。在这些瞬间，你想成为一个有道德的人，想为祖国服务，想投身到伟大神圣的事业中去。

创造这样的瞬间吧，这才至关重要。保存这些瞬间的崇高的热情。在崇高的英雄的世界里，你最终会向自己提出这样的问题：我是谁？为谁活在这人世间？我有能力建立功勋吗？

读读关于西伯利亚驾驶员普罗科比·涅克托夫的事迹。战前他曾是一名康拜因收割机的驾驶员。战争中他失去了双腿。从战地医院回来，他十分苦恼，感觉自己成了家庭的拖累。可鲍·波列沃伊[1]写的《真正的人》教会了他生活。他在自身找到了意志的力量和勇气，学会了用假肢行走和驾驶收割机。由于出色的劳动，政府授予他社会主义劳动英雄的崇高称号。

在敖德萨集体农庄实验站里工作着来自摩尔达维亚的伊万·卢季奇。他在前线身负重伤，左腿重残不能弯曲，医生们切除了他的双手。正是这个人从集体农庄大学毕业后，成了一名农艺师。

[1] 鲍·波列沃伊（1908—1981），苏联作家，记者，战地通讯员。社会主义劳动英雄。

我认识十八位这样的人。哈尔科夫州彼得拉巴甫洛克村庄（离我们这儿不远）里住着格里戈里·尼基福洛维奇·兹米延科，他是一名拖拉机手。在战后几年中，他因拖拉机遭遇地雷失去了双腿。和普罗科比·涅克托夫一样，他也从自身找到了意志力，重新回到了工作中。如果能描述所有这些令人惊叹的人的生活的话，那将是年轻人学习关于勇气的文集和生活的教科书。对于青年来说，它将是最有力、最有效的自我教育书籍。现在还缺少这类书，那就读读献给生活中真正的人的小册子吧。

你还记得，夏天我答应给你讲述苏联战士阿列克谢·别秋克的事迹。执行战斗任务时，他被法西斯分子俘虏了，被带到一位敌军官面前。对于敌人的所有问题，阿列克谢都回答“不知道”。于是，一个希特勒分子割下了他的左耳。别秋克只是颤抖了一下，仍没说一句话。刽子手又割下了他的右耳。无论是保全性命的许诺，还是枪杀威胁，都没能动摇这位勇敢的苏联战士。法西斯分子想出了一个新刑罚：把他的嘴撬开，掏出他的舌头，用一根钉子钉在墙上。一个刽子手用匕首在他的舌头上慢慢划过，还是无济于事，匪徒们就割下别秋克的舌头。夜晚，希特勒分子们把他带到河边，命令他向前跑，然后朝他的后背开枪。阿列克谢倒在了水里，这救了他的命。忍受着炼狱般的痛楚，他游到中间地带，被我们的战士发现，送进了战地医院。

我在战地医院曾见过阿列克谢·别秋克，我的病床和他的几乎并排。你又知道了一个向着道德美的巅峰飞升的鲜明事例。数十个苏联士兵建立了这样的功勋，遗憾的是，他们的事迹没有被写进书籍。我相信这样的书一定会有的，它将成为精神教育的不可替代的手段。细想一下阿列克谢·别秋克的功勋吧，儿子。在这英雄主义功勋的照耀下看一看自己的心灵吧。每个青年都应准备着建立这样的功勋。你将成为保卫祖国的战士，在任何时刻都准备好为祖国的自由与独立而战。如果战火燃起，要求你，要求每个苏联士兵都具有坚忍不拔、勇敢牺牲的精神。我们生活中有那样一些任何事物都无法与之比拟的东西，那就是祖国和祖国人民。没有我们中的任何一个人，祖国依旧可以存在。但我们中任何一个人没有祖国，他就会一文不值。自我教育——首先是把自己培养成英勇的爱国者。

现在回到你的来信上，其中你写了年轻人可怕的犯罪。他们精神空虚贫乏、粗糙狭隘，其原因首先是他们没有人道的最重要的品质——对祖国的爱。这是最纯粹又最微妙、最高尚又最强烈、最温柔又最无情、最亲切又最残酷的情感。真正热爱祖国的人，在各个方面都是一个真正的人。

培养自身这一神圣情感吧，儿子。我们的祖国是一棵生长数千年的强壮大树。让我们每个人都不要成为不结果的枯枝，而要做鲜活的、果实累累的枝条。记住，我们的祖国永远不会屈服于占领者。要知道，我们祖国的真正的爱国者可以被杀、被烧、被活埋，像法西斯恶棍做的那样，但绝不会被征服。

努力做真正的人吧。让你的心完全脱离自我贬低，让你的认识里没有这一思想：杰出人物是特别之人，而我只是渺小的普通人……苏联人不是咆哮的命运旋风中的一粒沙尘。让理想给你指明方向，向着道德美崇高的巅峰……

要将自身的人性磨利擦亮。首先要对于恶、虚伪、欺骗和人的尊严的贬低变得更敏感。这里思想意识固然具有很大意义，但第一重要的乃是辨别力。一个人当着你的面欺辱了另一个人，假如你对此闭上眼，视而不见，那么你将很快对一切视而不见。应当时时拂拭，让心灵敏感，让情感细腻。愿你的思想还来不及“开动”：如有流氓欺辱姑娘，应伸出援手；此时你的心灵识别出了恶，你的情感让你以善之名先做出行动。

美能砥砺人性。“手中有花，不会作恶”——我时常回想索洛乌欣[1]的这首诗。这里指广义上的花——普遍之美。如果一个人能从小接受美的教育，首先是阅读好书，如果他面对美的感受是深深感动和狂喜，那么他不太可能变成一个没有心肝的人，变成一个言语行动都很庸俗的人，或是好色之徒。美，首先是艺术珍品，可以培养天性的细腻微妙，而天性越细腻微妙，人理解这个世界就越敏锐，能给予这个世界的也就越多……

我不能忘记一位年轻女性的话，她说自己在中学和大学时代里，学习的目的只是为了让知识暂时在脑子里保存，然后在测验和考试中回答问题，最后从知识中解脱。如果在你的学习目的中有对任何一门课程的偏见，对于文学，对于艺术珍品……它就是灾难。中学的文学学习不是为了通过考试。它应进入每个人的精神世界，一生中都要把文学作为和美进行日常交流的途径。只有这样，文学才能变成生活的教科书，形象地说，文学的翅膀才能翱翔于平稳而有浮力的美的空气中。没有美，没有审美情感，文学这只鸟就会像石头一样，掉落地上。

让我担忧的是，你的生活里是否每天有与美的交流？我在你的宿舍里几乎看不到艺术文学书籍。你的书架上摆着两本书：奥尔加·贝戈尔茨[2]的《白日星辰》和格·秋秋尼克[3]的《旋涡》。这是两本很好的

[1] 索洛乌欣（1924—1997），苏联作家。
[2] 奥尔加·贝戈尔茨（1910—1975），苏联女诗人，小说家、剧作家，战地记者。
[3] 格·秋秋尼克（1931—1980），苏联乌克兰作家、翻译家。

书，我为此感到高兴，因为你的时间不会白白流逝。书籍好比海洋，在这片海洋里，好书如同彼此遥遥相望的小岛；要能够做到在每座小岛上立足……海洋中易迷路，易陷入困境……要像害怕火一样，害怕没有价值的读物。培根有一句非常好的话："有的书应该只尝尝味道，有的书最好囫囵吞枣，只有很少的书值得嚼烂和重新烧煮。"

不仅要读，还要反复读。有些书需要人一生中读好几遍，每一次重新阅读都会在他面前展开美和心灵新的层面。托尔斯泰的《复活》、陀思妥耶夫斯基的《白痴》和《罪与罚》、但丁的《神曲》、莎士比亚的《哈姆雷特》，我都读过好几遍。十六岁读这些作品是一回事，二十岁读又是另一回事，三十岁对于这些作品完全是另外的理解。对此，你可以凭借自己的经验去验证。每一年，你热爱的书籍的范围不变，但反复阅读的确能加强你对书的爱。因此我建议你现在重读你在中学时读过的书。同样，这对磨砺你的情感必不可少，就像反复聆听优美的音乐一样。要知道我们可是聆听了几十次《天鹅湖》，从来没有厌倦这首神奇的乐曲。对于不朽文学作品的重复阅读，首先是人对于自我的认识。第五遍、第六遍、第七遍阅读契诃夫的《草原》——这篇令人惊叹的短篇小说，你会想让自己变得更好。而高尔基、科罗连科、肖洛霍夫[1]、普里什文、巴乌斯托夫斯基的作品，一个月里不读读这些艺术家的语言我就无法生活。读读现代作家的作品吧。建议你阅读所有出自浪漫主义作家和诗人笔下的文字，如西蒙诺夫[2]、索洛乌欣，特瓦尔多夫斯基[3]、贝戈尔茨，希

[1] 肖洛霍夫（1905—1984），20 世纪苏联文学的杰出代表，1965 年诺贝尔文学奖获得者。曾获列宁勋章和"社会主义劳动英雄"称号。

[2] 西蒙诺夫（1915—1979），苏联作家、小说家、诗人、剧作家。

[3] 特瓦尔多夫斯基（1910—1971），苏联作家、诗人、小说家。

帕乔夫[1]、谢利温斯基[2]、加里宁[3]、尼林[4]、田德里亚科夫[5]、马丁诺夫[6]、斯捷利马赫[7]、贡恰尔[8]。反复阅读这些书，像亚诺夫斯基[9]的《骑手》、塞格尔斯[10]的《第七个十字架》、圣－埃克苏佩里的[11]《人的大地》、海明威的《老人与海》。

记住，书籍是千百年来人的智慧结晶。伏尔泰[12]写道："第一次读一本好书时，我们经历并获得别人的感受。"重新阅读读过的书，意味着又和老朋友相见。让你的老朋友、好朋友更多些吧。阅读书籍，不是一个机械的过程，而是一种创造。掌握这项技能——学会在阅读过程中教育自己，思考，举一反三。

原谅这封信中海阔天空般的内容。但自我教育和成长这一话题可说的太多了。

祝身体健康，精神饱满。拥抱你，吻你。

你的父亲

---

[1] 希帕乔夫（1899—1980），苏联作家、诗人、小说家、编辑、教育家。两次获得斯大林奖金。
[2] 谢利温斯基（1899—1968），苏联诗人、小说家、剧作家。结构中心文学奠基人与代表。
[3] 加里宁（1916—2008），苏联作家、诗人、剧作家、政论家。
[4] 尼林（1908—1981），苏联作家、剧作家、电影剧本作者、记者。
[5] 田德里亚科夫（1923—1984），苏联作家、教育家。
[6] 马丁诺夫（1905—1980），苏联诗人、记者、诗歌翻译家。苏联国家奖金获得者。
[7] 斯捷利马赫（1912—1983），苏联乌克兰作家、剧作家。
[8] 贡恰尔（1918—1995），苏联作家、政论家。
[9] 亚诺夫斯基（1906—1989），苏联小说家、文艺批评家、政论家和回忆录作家。
[10] 塞格尔斯（1900—1983），德国女作家。
[11] 圣－埃克苏佩里（1900—1944），法国作家、诗人、随笔作家和专业飞行员。
[12] 伏尔泰（1694—1778），法国启蒙思想家、文学家、哲学家。

第十五封信

你好，亲爱的儿子！

我很高兴，关于自我教育的信引发你浓厚的兴趣。你非常精辟地指出现代年轻人（不仅是年轻人）一个明显的、有时是病态的特征——神经易兴奋、易激惹。我相信，人与人之间存在的很多冲突，有时是争吵，其原因是人们不善于驾驭自己的情感，更糟的是，他们根本不进行情感的自我教育。情感的自我教育，在我们的时代中是一个极端严肃的问题，特别是对于年轻人。

几千年来，人的生活基本上是由肌肉力量和神经系统那强势、残酷的本性所决定的。而近几十年来，人的生命力却几乎只取决于神经系统那最灵敏、最复杂的机制。这种机制非常脆弱，易受刺激。你也许能想起来两年前我们村里出了这样一件事。三个朋友相遇了，一个军校学员、一个工人和一个大学生。他们见了面都很高兴，可谁说了一句不太中听的话，气氛紧张起来，小伙子们从言语相争发展到动手打架……他们打得不可开交，之后被警察局拘留起来。到了此处，平静下来后的三个年轻人开始回忆，都感到莫名其妙：是什么让他们动起手来？这一切因为什么开始？他们想不起来。这就是神经易兴奋、易激惹造成的恶果。

在现代世界中，人的行为关键靠最敏锐、最细腻的思维、情感来调节。因此，应把注意力放在情感的教育上。对于青年，自我教育起到很大作用。那么该怎么做，怎样切实地管理自己的情感？

最主要的是每个年轻人应记住，别用愚蠢的情感——恐惧、冷酷、凶狠——来填充思想空虚。人内心深处的某个地方，在潜意识中沉睡着本能——动物性的恐惧、凶狠和冷酷。一个人越没文化，他的心智、审美的旨趣就越少，他的本能就越常苏醒过来，愚蠢就显形了。当一个人在证明自己正确时，要么会说，不需要更多的证明了（那些情感丰富、具有很高心智修养的人们常常如此），要么开始大喊大叫，也就是用“本能的反抗”来填补思想的空洞。应顾惜神经系统和情感世界——无论是自己的，还是别人的。记住，现在细腻的情感对于人像空气一样不可或缺，而细腻的情感源自敏锐的思想和丰富的才智。情感使思想高尚，但没有思想，真正的人的情感就不可能存在。情感从思想中诞生，思想哺育情感。丰富的思想使人的情感成为人的精神世界中的自主力量——能够唤醒人去做高尚的行为。

自身如何培养细腻的情感呢？首先永远别忘记，你生活于人们中间。永远别忘记，你身边的人在劳动，他们有自己的操劳、担忧、思想和感受。学会尊重在你身边生活和劳动的每个人，这是人的最大的本领。细腻的情感只有在集体中才能培养，需要你与周围人经常进行心灵交流。在此，我们就走近了自我教育中一个非常重要的问题……

如果不是在诚恳的、丰富才智的、富有审美的友谊中，我们如何才能磨砺情感呢？在友谊中培养自己的情感吧。友谊将助你培育出对周围每个人细腻的敏感。

对于能从精神上丰富人、帮助战胜自己的本能和发展出人的情感的真正的友谊来说，什么是必需的？你个人精神的富足是必需的。只有当人能够给予自己朋友帮助时，人的精神才能得到丰富。相互交换精神价值，这是培养自身细腻情感、培育灵敏感觉所必需的。当然，新的集体刚建立几个月，很难要求你结识新朋友。但总有一天，你的朋友会出现，你可以和他分享自己的思想、情感、快乐和忧伤。

如果我现在能够到你那里去，我一定会去把你宿舍的同伴们召集起来，并邀请其他宿舍的同学，对他们说："青年朋友们，爱惜情感吧，培养情感吧。记住，在我们的时代里，年复一年，人会变得对周围世界的影响越来越敏感。人与人是朋友、同志和兄弟，这一思想具有深刻内涵。但这种深刻远远未能被理解。做朋友首先意味着培养人，在身上树立人文之根本。"

教育的本质是要战胜动物的本能，发展出所有的人道。人道的巅峰就是共产主义教育。

我想起一个德国共产党员讲的故事，法西斯力图在人幼年时扼杀人的所有人道。希特勒时期的德国，每个在夏令营的少年得到一只家兔——小小的、皮毛又亮又软的。孩子们喂养小兔子，照顾它们，对它们产生了感情。夏天结束，家兔长大了一点儿，变得驯顺了。回家前，教师问孩子们，他们是否准备好完成元首的任何命令。孩子们回答："是的，我们每一个人都准备好为法西斯总理献出生命。"教师发出命令：每人杀死自己的家兔。他说："你们要学会在心中压制怜悯。"法西斯刽子手和暴徒就是这样培养出来的。那些野兽的本能——对于一切鲜活美丽的事物缺少怜悯，对他人的心灵世界绝对漠然——构成了所有杀人犯和暴徒的心理基础。

应在自己身上培养对于一切鲜活美丽事物的怜悯。你将会有孩子，要记住：小孩子对待小鸟、鲜花和树木的态度，决定了他的道德和对他人的态度。

给你寄去一本书，圣–埃克苏佩里的文集。希望你能认真读一读《小王子》这篇童话，并好好思考。

祝身体健康，精神饱满。拥抱你，吻你！

你的父亲

第十六封信

你好，亲爱的儿子！

我在信里感觉到你的慌乱。同年级女生的一番话让你始料未及。你想不到她竟有强烈的宗教信仰，和那个大学毕业后去修道院的姑娘一样，这让你惊讶万分。我对这事毫不奇怪。这说明教育弊端根深蒂固……

我沉思良久，思考那位女大学生——你同年级同学——说的话：“科学已解释清楚了，人没有不灭的心灵，人会像动物一般永远死去。但解释了这点后，科学使人的心灵空空如也。宗教给信徒以慰藉，而科学收回了这慰藉，却没什么回赠与人。”这是相当严肃的话语。

我想起了一封信，是《科学与宗教》杂志刊登我的文章后不久收到的。信是一个十六岁女孩写的，她是教育学院的学生。她的信现就在我面前，女孩这样写道：

我目前还不信仰宗教，但可能很快就要信教了。让我信仰的不是所谓的奇迹，也不是信教的父母，而是我心灵中的某种东西使然，究竟是什么，我不知道。一系列没完没了的自然科学课让我明白了一个显而易见的真理：人会像牛马那样死去。牛马没有不灭的心灵，人同样没有，所有人都一无所有。人将入土，然后腐朽——等待他的不过是猫狗一样的命运。不灭的臆想是教堂的童话，是对人的贬低。别妄想永生，因为它暴露了人们的愚昧无知。

当然，所有这一切并不是以这种简单直接的形式呈现给我的，但我正是这样理解接受了这一切。我深感痛苦，揭示的这些真理让我震惊。难道人自身真的什么也没有？难道就没有些微的、类似不灭的心灵的东西吗？我不想和动物一样。请相信我，在听完教授一节讲课后，我失眠了。他毫不留情地、客观地从生物化学角度证明，人和其他动物具有相同本质。我整夜未合眼。我想让自己拥有某种深刻精神性的、人所特有的东西。说到底，想让人拥有某些接近永生的东西……我开始走进宗教世界。我要从中寻求救赎，脱离无情的唯物论。唯物论在我看来是没有心肝的盲目力量。下一步我该做什么？请给我找一个支撑点吧：在它之上才有生之快乐，才能摆脱纠缠不休的关于死亡的念头，关于入土的念头，以及随着我的意识泯灭，世界也将和太阳、星星一起泯灭的念头……当然，这只对我而言。请您给我指点迷津吧。

这是非常聪颖的、细腻感受周围世界的女孩儿写来的信。她请求不公开她的姓名。她的想法和你的同年级女生的想法如出一辙。让两个姑娘激动不已的问题非常严肃。对于复杂问题的简单化态度，彻头彻尾的不开化，粗浅的意识形态的认知，都让我大吃一惊，这些认知正在被讲演家们、教师们和作家们加紧宣传鼓吹着，它们不是将人们从对上帝的迷信中解放出来，而是把他们推向上帝的怀抱。在这种未开化的无神论里的最贫瘠之处，是作为其最主要的王牌，即对于“不存在上帝”的证明提供的论点：人没有不灭的心灵，他将像所有动物一样消失无踪。很难再找到比这更严重的贬低人的论点了。

确实，让我回答十六岁的女大学生信里的疑惑非常难。回答你在信里的疑惑，也非常难，但我还是要你向那位同年级女生转达我的话（或者，甚至是让她通读这封信）。

人最厌恶的是死亡。防备死亡是贯穿所有人精神生活的一根红线。缘于此，承诺死后永生的宗教才得到成千上万人的拥戴。“对死的恐惧驱赶人到信仰的黑暗中。”高尔基这样写道。但唯物论、科学使得关于上帝、天堂和地狱的“童话”名声扫地。科学指出了人的天真，和死亡做斗争的应是人自己。

这一斗争的本质是什么？是人的生活一天天、一周周、一月月、一年年不断地被充实。穆萨·贾利尔[1]曾想死后留下“更深、更明显的足迹。让你的事业留下，像一棵千年橡树……”他也留下了这一足迹。但你会说，并非每个人都有能力像穆萨·贾利尔一样留下足迹。然而，我坚信：人的才能无穷无尽，永不枯竭；每个人都可以成为创造者，在世上留下足迹。正是因此我们建设共产主义。因为不应有渺小的人，不应有默默无闻的像尘土一样的人。每个人都应闪耀，像天上亿万颗星辰那样闪耀。成为不可替代的人，这在很大程度上取决于个性本身。要努力争取

[1] 穆萨·贾利尔（1906—1944），鞑靼族诗人，记者，战地通讯员。

不变成灰色的、平庸的人。

创造，是战胜令人惧怕的死亡的途径。对创造的渴望不应和人有须臾分离，直到最后一刻，在创造中都潜藏着人莫大的幸福。阿·托尔斯泰、谢·普罗科菲耶夫在生命的最后时刻仍在工作。与宗教在欺骗时给予人承诺不同，科学什么也不能回赠，科学告诉人真理。如果宗教给予人死后的希望，根据宗教世界观，可以用祷告、斋戒毫无怨言地顺从命运到来，那么科学则会说："不，人才是自己永生的创造者。"

谁说人无心灵？人有心灵，它比反复叨念信仰的那个心灵丰富得多。人的心灵是他强大的精神，他的思想，他在认识上的、征服自然力上的果敢飞跃。人可让这一心灵变得不朽。

但有一个创造领域，其中人可以真正让自己获得不朽。这个创造就是创造人。母亲和父亲创造了新的生命体——儿子、女儿，这是最崇高、最不朽的创造。通向不朽之路在于在自己孩子身上重复自己，但应在更高水平上重复自己——培养出比自己更好的人。

你如今在读什么书？科学的、文学的还是艺术的？请关注一下《乌克兰艺术史》第一卷出版了没有。只要一出版，就买两本寄过来（一本给学校图书馆）。

祝身体健康，精神饱满。

你的父亲

第十七封信

你好，亲爱的儿子！

瞧，第一个学期已经结束了。两门课五分、一门课四分——看上去还不错，但要记住列夫·托尔斯泰的话："要往高处走，否则会下滑。"

你的信让我很开心（你好久没来信了，差不多两个星期）。你的集体终于开始关注心智了，你们开始争论，而且还是关于这样一个话题：自由和义务。这都很好。你请我加入你们的争论，我很愿意参加。你写道，你的同伴中的某些人坚持这样的观点：在某些活动范围内，用你的话说——"在个人生活的问题上"，人绝对自由；而其他范围里人的自由因社会的要求而受局限。你不同意这个观点，我支持你。你的观点（自由意味着按照人民利益的要求做出正确的行动）实际上重复了卡尔·马克思的名言："因此，意志自由不是别的，而是借助于对事物的认识做出决定的能力。"年轻人想用自己的语言表述最复杂的思想，这很好。绝对的自由不可能存在，因为人生活在人们中间。列宁曾说：生活在社会里，而自由地游离于社会之外是不可能的。你的论敌把生活用间壁分割开来：一方面，做一个人能做的，顾及社会舆论；另一方面，做他愿做的，绝不考虑人们的评判指摘。这种区分本质上是基于小市民哲学：在工作单位中，他看似正派、行为端正、品质纯洁；回到家却是悭吝人、寄生虫、暴君和折磨他人的恶棍。我们的社会中这样的人还少吗？！在关系和道德审美方面，在爱情、婚姻和家庭生活中，绝对自由的思想遗患无穷。因为在这些领域中，自由首先意味着最崇高的责任。关于这一点，列昂尼德·马丁诺夫说得很好：

> 我明白了，拥有自由意味着什么，
> 我彻悟了，在这一复杂情感中，
> 这是世间最个人化的情感。
> 你们可知，拥有自由意味着什么？
> 意味着对于一切负责！
> 我对这世上一切负责——
> 对叹息、眼泪、痛苦、失去……
> 对信仰、迷信和无神论。

如果你还没读过这位优秀诗人的作品，我给你寄去他的文集。

苏联人是真正自由的。但我们共产主义者从不讳言我们所理解的自由只是有益于人民利益的行为。鼓吹战争、暴力和荒淫要受法律制裁。在这一点上没有也不可能有所谓的个人自由。假如每个人都可以为所欲为，那么社会将变成疯人院，人们会惧怕出门上街。苏联人自由的基础是社会利益与个人利益的和谐。社会只关注，你们大学生要好好学习，成为优秀的学者专家。这符合劳动人民的利益。就是说，你可以自由选择上百种方法，使你的学习更优秀。但你不可以选择通向逃避学习、游手好闲的任何一条路。

众所周知，资产阶级在个人和道德方面绝对自由的理想导致了什么。其后果是孩子的痛苦和眼泪，母亲的不幸，被摧残的童年，被摧残的孩子心灵中对善的不再信任。我就认识这样的孩子——他们的父亲是绝对自由的鼓吹者，应受到严惩。可惜，我们的道德规范还不能和法律条款完全相符。

人本身的意志和自律是最主要的。应当精细地分辨三件事：可以、不能和应该。具有这项分辨能力的人就具有了一个公民最重要的素质——义务感。义务，这是行动的自由，是用高尚思想使人的行为充满崇高精神——我正是为此而行动。我们的社会是世界上最公正的社会，所以，履行义务不会束缚你，更不会禁锢你的意志自由，相反，给你提供了真正的自由。

不由得想起达尔文的关于义务和良心的一句话：这些道德情感所构成的最重要的特征，使人有别于动物。在自己身上培养人的情感吧，亲爱的儿子。你要遵照歌德的教诲："如何认识自己？不能通过消极旁观之路，只有通过行动之路。试着履行自己的义务吧，你会发现你是谁。"

祝身体健康，精神饱满。

你的父亲

第十八封信

你好，亲爱的儿子！

我在柏林给你写信。临行前我说要在此地待上十五天，但到了柏林后，我尽量把事情加快办完，不白白浪费时间，争取早些回国。这样的话，我在德意志民主共和国将只待十天。

这不是我第一次出国，以前也到过许多国家。每一次，当命运把我抛到异国他乡时，爱国情感又以新的力量在心中觉醒复苏了。远离祖国时，我会极其深切地感到自己对祖国所担负的一切责任。像你国外同学信中所写：有时是对苏维埃中学的议论，有时是对我们国民经济的议论，听到后，你的心跳似乎停了，好像别人在说你个人的事。听到评价都不错是何等快乐啊！当你听到自己的祖国像人类的指路星一样，会有怎样的自豪感充盈在心！当我们的朋友们因为不了解而谈起我们的缺点，有时甚至是某种荒谬的误解时，心会多么难过。

将来，你也有机会出国。记住，祖国是你的摇篮、你的家、你幸福的发源地，是你祖先流血流汗的土地。故乡有好的地方也有坏的地方。如果你看到坏现象——别忘了这坏现象发生在你家里，你的摇篮里。只有卑鄙下流之人才会在自己家对恶幸灾乐祸。不要躲避恶，在你可爱的家中要让善取代恶。你有权在自己家谈论恶，前提是你做了好事。做十件好事后，对坏事才有权谈论一句。

祖国是亲切而又严格的母亲。假如她的儿子成了坏人——一个懒惰、没有心肝、意志薄弱、伪善、不诚实的人，那么母亲会痛苦。假如你不能成为真正的人，祖国会像母亲一样感到痛苦。好好生活和劳动吧，让祖国母亲以你为荣。应学会从人民的最高利益的高度审察自身。

以自己的前辈——那些为祖国自由独立而斗争的战士——为荣吧，他们是为了劳动人民能从剥削中解放，为了社会主义革命胜利，为了把世界从法西斯统治里拯救出来的战士。伟大的祖国之子的名字——这是你的圣物、你的骄傲。记住，我们的祖国是世界上第一个社会主义国家。她为人类开辟了通向共产主义的道路。这是你的民族的骄傲。记住，我们的祖国把伟大的列宁介绍给了世界。

我经过波兰、德国时看到许多墓地，在那儿长眠着苏联士兵。我们祖国的几百万的儿女为了世界人民免遭法西斯的奴役而牺牲。我乘车经过一个小站，当年我曾在这里和法西斯分子战斗过。火车在这个小站不停，乘客们甚至没有向窗外看上一眼……可为了它，我们三百多位战士牺牲了，我的朋友雷先科中校也牺牲在此地。

我到过布痕瓦尔德[1]。现在这里为法西斯主义受害者建立了纪念馆，而在战争年代，这里曾是最恐怖的死亡集中营之一。当看到法西斯分子以德国人的精确性和条理性在此处杀害了几十万囚徒时（说是几十万，也许上百万，无人知晓，因为所有的文件都被销毁了），我顿感毛骨悚

[1] 布痕瓦尔德，纳粹在德国建立的最大的劳动集中营。

然，而其中大多数是苏联人。我看到了被压碎的头骨和用人皮制成的手提包，看到了法西斯分子用人的头发制作的口袋和床垫，还看到了用人的骨头熬制成的肥皂。我看到了田野，德国农民用人骨灰当草木灰给田野施肥。现在这些农民的儿子们成了共青团员，他们欢迎我们到来，赞扬苏维埃国家……

世界曾被可怕的命运威胁。在博物馆里我看到了法西斯分子的计划：他们企图完全消灭斯拉夫民族，杀死火化两亿人，而五千万人经过消毒后将沦为奴隶。要记住，使人类摆脱这一威胁的是那些长眠于白桦树下的普通苏维埃士兵。要记住，为了你的幸福，成千上万的人献出了生命。在监狱里，在绞架上，在枪林弹雨中，在死亡集中营地狱般的火炉里，在为大地上每前进一步而进行的殊死战斗中——从伏尔加河到柏林，多少苏联人倒下了，多少你的同龄人倒下了。要记住，我们祖国曾遭逢灭亡的危险，战争决定了她的生死存亡。记住，我们国家两千两百万最优秀的儿女为守护你的摇篮牺牲了。几百万母亲不知道她们的孩子葬身何处。在自己幸福生活的日子里，来英雄墓前吧。向他们献花志哀。

记住，每个民族都有自己的圣物——为人类的自由和幸福而献出生命的英雄们。

请你永远保存对他们的记忆吧：伊万·苏萨宁[1]、乌斯吉姆·卡尔麦留克[2]、亚历山大·乌里扬诺夫、山陀尔·裴多菲[3]、谢尔盖·拉佐、

---

[1] 伊万·苏萨宁，17 世纪初期俄国反抗波兰侵略者的民族英雄。

[2] 乌斯吉姆·卡尔麦留克（1787—1835），乌克兰农奴，俄帝国最著名的起义者之一。

[3] 山陀尔·裴多菲（1823—1849），匈牙利爱国诗人和英雄，牺牲时年仅二十六岁。

恩斯特·台尔曼[1]、卓娅·科斯莫杰米扬斯卡娅[2]、尤里乌斯·伏契克、亚历山大·马特洛索夫[3]、尼科斯·别洛扬尼斯[4]、穆萨·贾利尔、胡利安·格里马乌[5]。要记住，面对这样的英勇壮举和英雄主义，人民对两千两百万中的每一位牺牲者都给予了高度赞扬。

你也许会奇怪：为什么父亲在信中，没有表现出对异国生活和人们的兴趣；为什么他总是老生常谈……因为在这里不管我看到什么，听到什么，都会想到祖国，看到祖国。我想着现在正值二十多岁的这一代人。多么美好的一代，羡慕你们的命运，亲爱的儿子。你和你的同龄人将活到21世纪，正值你们创造力的全盛时期。我最担心的是：我们，你们的父亲，能够把全部精神财富和得之不易的物质财富传给你们吗？你们是否会用整个心感受在伟大的卫国战争年代和重建祖国经济的过程中我们所遭受的可怕困难？希望你们成为合格的继承者，珍惜老一辈人所打下的江山。最主要的是，你们中的每个人——我们的接班人——保卫好无可比拟的苏维埃祖国。我在墙上看到模糊的字迹："今天我们属于德国，而明天我们属于全世界。"我们的民主德国的朋友们说，这样的字迹不时出现。法西斯主义在西德复活了，我们应该准备好保卫祖国。你们应非常严肃认真地对待军事这门课程。我们中的每个人应牢记，我有两个专业：第一个是教师、农艺师或工程师，第二个是祖国保卫者。

---

[1] 恩斯特·台尔曼（1886—1944），德国共产党主席，工人阶级领袖，后被法西斯迫害致死。

[2] 卓娅·科斯莫杰米扬斯卡娅（1923—1941），苏联游击队员，是首位获得"苏联英雄"这一称号的女性。

[3] 亚历山大·马特洛索夫（1924—1943），苏联英雄，在夺取德军碉堡的战斗中，用自己的胸膛堵住了敌人的机枪眼，壮烈牺牲。

[4] 尼科斯·别洛扬尼斯（1915—1952），希腊革命者，爱国运动活动家，反法西斯主义者。

[5] 胡利安·格里马乌（1911—1963），西班牙共产主义者。

一周后我将回家，一定会去看你。

祝身体健康，精神饱满。

你的父亲

第十九封信

你好，亲爱的儿子！

你的来信我思考了很长时间，因此耽搁这么久才回复。

我和你、你的同伴们一样，对你们大学里那位大学生无耻下流的行径感到愤怒。爱情中道德的纯洁性是人心灵的一面镜子。假如一个人在精神生活和道德审美上存有污点，那么他就是肮脏卑鄙之人，不可能成为好公民、正直的劳动者和体面正派的人。人和其他动物的区别中，人使性的本能得到升华尤为重要。

在精神生活的这一领域，理智和意志应作为性爱情感的警卫。我反对一些作家和政论家们的主张，他们认为情感不可命令，人不可能掌控自己的爱欲。这些观点如同一块掩盖性放纵和所谓“恋爱自由”的柔软遮羞布，已被列宁严厉地驳斥过。这种“激情优先”的理论对刚刚踏入社会的年轻人尤其有害。

心灵之美应早在一个人为性而激动不安之前，就俘获了他，他应深深体验对另一个人的道德责任。只有在此条件下方能成就牢固的、真正的爱情。在真正的爱情中，理智帮助情感，用道德力量激励鼓舞它，让心灵活动在道德层面变得高尚，从而保护感情免遭算计、逻辑分析的侵害，使人不在爱情中权衡利弊，把所爱之人和自己的物质利益联系起来。

当人对人的道德责任和情感、思想连成一体时，爱情才是高尚的。理性与感性统一，良心之声就主宰了人的心灵。

你是成年人，未来也会做父亲。我极其坦诚地和你谈论这一切。作为父亲，我理应这样做。如果儿子是下流坯，社会有权利质问父亲："为何你没履行对社会的义务？"每个公民最重要的社会义务，是为祖国培养真正的人。父亲是崇高的公民称号，牢记这一点，儿子。

许多青年人的轻浮放荡让我担忧。光天化日之下，常常可见小伙子和年轻姑娘在人来人往的街上拥抱亲吻。有一次，我问一个非常年轻的女孩儿："周围那么多人，你不难为情吗？"她回答："难道要把友谊隐藏起来吗？"这样的回答和一些女孩的行为同样愚蠢，即她们在身体上准备好生孩子，而道德上并没准备好。被第一次情感、第一阵冲动所摆布，这是愚蠢。把本应很私密、深藏内心、不可侵犯的东西拿出来展览、供人观看，这是荒唐下流的行为。十八岁的小伙子喜欢上了一个女孩儿，他已拥抱并亲吻她——这是放纵。

真正的爱情是终生神圣的责任。假如你不想失去自己的情感，不想精神空虚，那就别屈从于第一次的迷恋。人可以亲吻和爱抚他所赋予道德义务的人——成为她的丈夫、成为她的孩子的父亲。任何一种其他的爱情，刺激感官的爱情，因寂寞产生的爱情，我认为都是放纵。

记住，爱情首先是对你所爱之人的责任，对于其命运和将来所承担的责任。好色之徒和坏蛋流氓只追寻爱情中的享乐。而爱情，首先是给予，给予所爱之人自己的心灵力量，为对方创造幸福。

莱蒙托夫[1]在一封信里写道："我曾用自己的全部心灵之力去爱……"思考一下这句话吧。"用自己的全部心灵之力"意味着要为所爱之人创造幸福与善。

记住，儿子，婚前男女关系的性质和关系中精神心理与道德审美元素所达到的高度决定着他们全部人生道德的纯洁度。要像害怕火一样，害怕爱情中"丰富的经验"。婚前恋人的精神心理关系越纯粹，青年——未来丈夫的道德义务感就越强。对女人的道德义务、对于她的未来所担承的责任，正是这些把青年变成男人。纯洁的爱情给青年带来思想和心理发育的成熟；轻率的爱情、因寂寞产生的爱情则会让他堕落。婚前就体验了身体上亲密无间的两个人，将带着空虚的精神而走入生活。

恋人精神交流的最高快乐在于心智和审美的相互丰富，在于逐渐了解和发现新的道德审美品质，在于渴望从对方那里吸收所有美好，然后再给予对方。忠贞不渝的爱情，谁不幻想着它呢？但实现它的条件是什么？可以这么说，是人不可穷尽的力量。

我和你妈妈结婚，快满二十五年了……每一次，经过几天分离后再见她时，我仍感觉到心动——我在她身上，世上我唯一爱着的女人身上看到了新东西。爱人的眼睛像是能发现历久弥新的美。精神世界的富足表现在人能够传递和接收无数种情感和思想。如果情感和思想极为贫乏，那么令人一见钟情的外在美就会暗淡，失去吸引力。假若爱情只表现在一瞬即逝的外表魅力里，假若人只在面孔和身材中寻求享乐，那么失望和"性格不合"就在所难免了。

---

[1] 莱蒙托夫（1814—1841），继普希金后俄国又一位大诗人，被别林斯基誉为"民族诗人"。

没有所谓专门的“爱情学”——要记住这一点，只有关于人道的科学。谁掌握了它的基本内涵，谁就可以在精神心理和道德审美的领域占有一席之地。爱情是关于人道最严苛的考试。但人道的初级课程，即爱的课程应在人的童年期和少年期教授，因为此时他愿意把自己精神力量的一部分给予其他人。没有深刻发展出对人的美德的尊重，就不可能有对他人真正的依恋。这对于男子尤其危险。在与克拉拉·蔡特金[1]的对话中，列宁曾强调，爱情中自我约束和自律必不可少。我们男人起着主导作用。要在迸发冲动时约束自己。要知道，恋人们身体的亲近是由道德上精神的亲密保障的——相互尊重、携手白头、互相扶持。要知道，当小伙子要求在婚前有身体的亲密时，精神富足、聪慧、正直的女孩儿会深深鄙视，并感到愤怒，因为这在好姑娘看来，还是某种遥远的事……

人最幸福的是有纯洁、高尚的爱情，精神富有的人愿长久加以守护。一位青年和一位姑娘相遇，如果他们有强烈的荣誉感和美好品德，那么他们会很长时间不跨越那一条身体亲密的界线。这不意味着他们没有这欲望，而是虽然这欲望十分强烈，但没有精神亲密的身体亲密对于他们来讲在道德上不允许。精神上亲密，他们的理想爱情阶段会持续很久，他们都力争延长它，这给了他们更多的幸福。

你可曾听过这句话：“人生多艰。”人在家庭生活中的表现往往反映他真正的道德面目。遗憾的是，我们社会中不少人在家以外给人以为崇高理想奋斗的战士印象，但在家中却是一个卑劣的利己主义者或暴君。有的人按自己的道德发展水平并未做好进入婚姻的准备，他们娶妻或嫁

[1] 克拉拉·蔡特金（1857—1933），德国社会民主党和第二国际左派领袖之一，德国共产党创始人之一，无产阶级妇女解放的灵魂人物。

人，对于他们的下一代来说，是极端不道德的行为，是犯罪。有人认为结了婚就可以毫无障碍地满足自己的本能。个别淫荡堕落的年轻人也认为自己在婚姻中拥有这样的权利，所以他们死缠烂打、诅咒发誓、立下保证。任何法律的纽带都不能加固精神联系薄弱的婚姻。

记住，步入婚姻的人们不仅要承担法律、物质上的责任，更要承担精神上的责任。家庭关系和社会的精神富足休戚相关。有时，年轻夫妇在蜜月里就已体验到了“失望”，“诗意爱情消失了”。造成这种情况和引发争执的原因五花八门，但终极原因只有一个：进入婚姻时，年轻人以为随着身体和精神亲近的障碍的完全消失，爱情本身所带来的幸福是无穷无尽的。他们非常惊讶，幸福原来并不总是如此诱人，幸福也不是无限的、没有尽头的，身体的亲密，并非像婚前那样，感觉是必不可少的。他们忘记了，爱情之火，形象地说，常常要求好的可燃物——丰富多彩的精神生活。如果没有这一可燃物，爱情会熄灭，或冒出黑烟，毒害空气，伤人伤己。只有精神生活丰富时，爱情才会巩固家庭。假如爱情被性的吸引力局限，这种吸引力中精神的热忱会逐渐贫乏，关系很快会失去防卫，那就只追求身体方面的亲密了。

记住，已婚的年轻人应在很大程度上成为自己爱情的创造者，而不是快乐的消费者。在婚姻里，创造应该多于消费。没有不断创造的精神财富储备，身体亲密就会变得乏味……在家庭生活的某个阶段里会突然出现这种情况：丈夫和妻子耗尽了自己，彼此不再倾诉衷肠，对于家庭的精神生活不能再给予什么。有时甚至会走到那一步：婚前因短暂的分离而感到痛苦的两人，现在完全无法容忍彼此了。这会把家庭生活变成地狱。而且首先备受折磨的是孩子们，应该记住这一点。

在各方面成为一位公民，首先意味着要关心社会的未来，而我们的未来是下一代。记住，儿子，假如你有建立家庭的愿望，你应好好自查一下，是否做好了履行自己公民义务的准备。永远别忘记，爱情的结晶是孩子。

对善于创造自己精神财富的人来说，没有第一次、第二次爱情，只有唯一的爱情。做个理想主义者，这里指的是这个词的积极意义。贡恰尔的长篇小说《旗手们》中的主人公布梁斯基说："我认为，那些用情不专、朝三暮四的人，最终会感觉自己一文不值。"这句话反映了纯洁的道德和对爱情的忠贞不渝，它蕴含着深刻哲理。如果你是一个真正的人，如果你能够为你所爱的人创造精神财富，那么你不可能不再爱你已经爱了多年的人。真正的爱情，我再重申一遍，不会逐年减弱，只会慢慢加强。我把自己心灵的一部分献给了爱人，爱人也把自己心灵中的美和精神魅力交给了我，我们一起创造了财富，这些财富不可能第二次创造。这些财富包括：精神成长、理智和情感的相互丰富，还有孩子、荣耀、家庭的美德和传统，以及对过去的回忆、诗意美好的青春和青年时代纯洁的情感。所有这一切在心灵留下了如此强烈的印记，以至于不可能在没有心灵创伤的情况下开始新生活。丈夫或妻子，失去爱人后会久久怀念甚至终生不忘，这不是偶然，他们不会再产生新的情感。这并非特例，也不是"浪漫主义幻想"，而是人道的深刻表现。人无法忘记爱人，因为对方已走进了自己的心灵，和自己的命运融为一体了。

这封信写得很长。我知道你对父亲的教导没有偏见。要思考我写的每一个词。在所有方面做一个真正的人。

再见，亲爱的儿子。如能在五月假期回来，就回来吧，哪怕只待上一天。

祝身体健康，精神饱满。拥抱你，吻你。

你的父亲

第二十封信

你好，亲爱的儿子！

你问我：两个有着不同教育水平、不同兴趣和需求的年轻人能否幸福，爱情能否把这样的两人结合为一体？

一年前，我们学校的一个毕业生薇拉的母亲来找我。薇拉大学毕业后，在一家大工厂的工地工作。这位妈妈给我看了女儿的信，信中姑娘倾诉了她的忧虑和怀疑。我改换了姑娘的名字，因此可以公开这秘密，这封信非常有教育意义。姑娘写道：

> 他是个优秀的工人，很爱我，但我还是没有感受到那种我渴望的精神一致的幸福。我多次和他谈话，说应参加函授学习，应追求知识，因为没有接受过中等教育，将来无法操控机器。他在学校只上到六年级……我说，两人一起去莫斯科，去列宁格勒多好啊——看看自己的祖国。可他颇感惊讶地说：
>
> “你看得也太远了，应考虑眼前的事。工资不低，这已经很好了，至于将来怎样，我们早晚会看到的，反正不是我们现在

操心的事。”

然后还补充道：

“出远门有什么用，也不会为我们的生活增添什么，只会浪费钱。我们得盖房，还得考虑经济条件，要养猪、鸡……学习嘛，我可不想，因为受中等或高等教育后，工资照样。你倒是大学毕业，可工资比我还少。”

亲爱的妈妈，我该怎么做？现在我不想和他在一起，甚至不想看他一眼。我这样做对吗？或者像他说的那样，我的行为很古怪？当我和女友谈起自己的疑虑，她说我是个理想主义者。我感觉和他一起生活将乏味郁闷，像我们池塘边的那棵枯柳……

这位母亲给女儿写了回信，她说得很对。

当每个人面前打开了如此光明美好的世界时，为什么要用家庭、厨房、喂鸡和养猪来限制自己的人生呢？从维克多的话里，从他对你的态度里，可以看出一旦当你成为他的妻子后，他会让你放弃工作，然后约束你，抱怨他要养活你……女儿，这是多么可悲的命运啊……

可见，人对于和谁连接起自己的命运，从来都不是无所谓的。他对于将与之携手生活的人的精神世界有特定要求。我很吃惊，在青年报纸和杂志上出现这样的文章，其中把一些青年和姑娘作为落后分子来描绘，将自己的道德审美态度和将与之步入婚姻的人的文化程度联系在一起。但是有文化不等于教育水平高。没文化没教养的人也常常在具有高等教育学历的人，甚至学者专家们之中出现。相反，普通工人和农民中也有文化素养很高的人。

在我们地区的一个集体农庄里，有一个名叫巴琳娜的姑娘，她是甜菜种植小组的小组长，在学校只上到八年级，父亲去世后退了学，后来和派到村里的年轻医生相识。医生爱上了巴琳娜。但姑娘把自己的情感深深地埋藏起来。她很喜欢这个年轻人，对他的真心也毫不怀疑，但她苦恼于一个想法：医生接受的教育比她高。姑娘痛苦地发现，爱人见多识广，而她自己短见薄识。聪明敏感的年轻人看出巴琳娜博大、骄傲的心灵。求婚被明确拒绝后，他懂了，除非姑娘能朝着自己的目标一步步向前，否则她是不会同意的。姑娘告诉年轻医生，她的目标是读完十年级，然后考大学。她已在函授中学学习。她的梦想是成为一名中学教师。

姑娘的目标吸引着年轻人。他帮助巴琳娜学习，与此同时，他下决心掌握外科学。他们憧憬将来，为将来而活，相信理想终能实现。这是纯粹、崇高的爱情。五年之后，姑娘中学毕业，接受了求婚。

他们的爱情先是道德高尚的友谊。他们之间没有身体亲密的暗示，甚至不允许自己想到这个，但他们在其他的意义上已经属于了彼此，即他们忠于彼此，忠于理想。如果他们中的一人违背了这个义务，破坏了这个精神同盟，那么将被视为侮辱和背叛。

假若某个作家描写这段爱情故事以教育青年，会是多么有意义的一部长篇小说！遗憾的是，打开关于年轻人的艺术作品，几乎总会看到背叛和失望的主题——所有这些主题被看作“客观描写现实”的可靠标志。更有甚者，常会遇到精神消沉。精神消沉并不深奥复杂，不过是个人放纵而已；可作家们却为之辩护，从字里行间可读出：“有什么办法，生活是复杂的，不可能没有苦难和痛苦。”我不信这个。人们可以创造没有痛苦和苦难、心灵不消沉的生活。记住，你是自己命运和幸福的缔造者。

思考所有这一切吧，儿子。

祝身体健康，精神饱满。拥抱你，吻你。

你的父亲

第二十一封信

你好，亲爱的儿子！

从你的来信看，我的教导像一粒火星激起了你们宿舍的辩论。嗯，这很好。年轻人并不总是消极冷淡的。

信上说你们同学中的一些人不相信青年男女之间存在纯洁友谊：既然是青年男女，那他们之间一定是爱情。关于此问题我想说说我的看法。

友谊是培养人的情感的学校。我们需要友谊，不是为了消磨时间，而是为了在人身上，首先是在自身树立善。我认为道德培养最重要的准则是：处于少年和青年早期的每个人都能对人的高尚精神由衷赞美和欣赏。从本质上说，这是对人和人道美的信任。倘若没有这种信任，人的精神是空虚的，一点点生活纠纷也会引起狭隘小气的抱怨，不相信自己的力量。心灵空虚，心中没有任何信念，这是最可怕的缺陷，我已撰写过关于这方面的文章，这里再重复一遍。空虚的心灵贪婪地吸收坏的成分，很难被好的成分影响，因为空虚贫乏的心灵本是一种缺陷。心灵空虚的人不可能有真正的朋友，因为他感觉不到友谊中的人道。

生活向我证明，如果一个人在少年和青年早期因道德理想而受到鼓舞，如果他理解何为合乎规范的人，那么友谊会从精神上丰富他。在友谊中，他找寻的不是消遣，而是自我肯定和自我培养的园地。

这一高尚的对人的精神需求，对于男子汉的长成尤其不可缺少。为了成为真正的男人，你要在青年早期的这几年里，在友谊中丰富自己的心灵。这关系着你恋情的纯洁，未来家庭的幸福。

没有友谊的爱情是肤浅的。如果一个青年首先把一个姑娘作为人来尊重，那么崇高的友谊像爱情一样，本身就是美的。不是友谊建立在性的吸引上面，而是只有当牢固的友谊把相爱的人联系在一起时，爱情才得到道德的保障。并非爱情本身使道德纯洁，正相反，凭借崇高的道德，人才可以达到爱情的高尚和情感之美。指望把精神交流建立在性的吸引上面，但不珍惜爱情，那样只会把崇高的精神生活等同于接吻和嫉妒抱怨。没有崇高精神生活的爱情，没有对共同理想的追求，没有在此名义下的友谊，爱情就可能变成感官享乐。在你的笔记本上记下别林斯基[1]的话，反复读几遍，思考它们，并自我检查。

“爱情是生活的诗歌和太阳。但对于如下的人则是苦恼：在我们的时代里，他们只想着在爱情里建起自己的幸福大厦，希望内心的所有追求都得到满足……假如我们生活的全部目标只在于寻求个人幸福，而我们的个人幸福又只在于爱情，那么生活的确会黯淡无光，变成遍布荒坟、尸横满地的旷野，变成阴森地狱，严峻到但丁在其诗中天才般描绘出的地狱形象也会黯然失色。”

好好思考一下这句话吧：假如幸福仅在于爱情，那生活将是“地狱”。如果说在别林斯基时代不能被个人幸福局限，那么在我们的时代，这样

---

[1] 别林斯基（1811—1848），俄国革命民主主义者、哲学家、文学评论家。俄国文学批评和文学理论的奠基人。

的“幸福”同样会让自己遭受孤独和消沉的厄运，使自己陷入个人情绪的狭小世界中。如果说别林斯基在他那个时代就看到，“除了内心世界”还有“伟大的生活世界”，在那个“伟大的世界”中，“思想成为事业，而崇高情感成为功勋”，那么在我们的时代，这个世界不仅对个别勇士敞开，更向全体人民敞开。

性爱只在如下时刻里才具有人与人之间道德联系和道德义务的性质，即除外表美之外，在一个人面前展开了人的丰富的内在——人的尊严、才华、创造力和社会活动。建立于性吸引之上的幸福是动物的情欲，使人盲目、鲁莽、轻率。为让爱情成为人的功勋，人应攀上更高的道德发展的阶梯。首先确定自己生活的崇高目标，在追求目标的路上用思想激励自己克服重重障碍。当为实现崇高目标的斗争变成真正的激情时，性的吸引也就不再是目的了，爱人也变成了奋斗中的战友。正因为这一点，爱情不再是目的，它使人变得高尚，超越了感官激情。建立起个人幸福和全人类幸福息息相关的真正格局，丝毫不会贬低人，不会压制人，恰恰相反还提升了人，因为唤醒了人们用崇高的精神需求去丰富自己人生的愿望。

理解了个人情感与人类幸福是一致的，就等于事先打了一剂预防针，使得个别纠纷和微小争执不会演变成悲剧，生活不致遭受灭顶之灾。让人痛心的、有损人的尊严的悲剧在生活中比比皆是！年轻夫妇之间出现了多少“无法解决的状况”和“不可调和的矛盾”，只因为他们用自己的爱情构建了一个小小世界，显而易见的是，在这个世界中每走一步都是死胡同，没有供高尚心灵运转的广阔空间！在这个小小世界里，年轻夫妇的精神生活开始于爱情，也终结于爱情，他们因为最不起眼的理由，因为虚荣心作怪，因为一点儿小事就几个星期互不理睬，使自己的心伤痕累累，甚至蓄意怒气冲冲地往对方伤口撒盐。双方力求找到什么观点分歧啦、性格不同啦的借口来解释这个悲剧。这样的人其实对于精神心理上的交流并没有做足准备，他们最好在确立了个人幸福的格局后，再步入婚姻殿堂。

几周前，我们地区的检察长给我讲述了一起离婚案件。两个年轻人刚结婚两个星期，蜜月的幸福就因争吵荡然无存了。争吵的原因很可笑：夫妻两人对于电视机摆放在哪里意见不统一，顺便提一句，电视机是新娘父母赠送的……争吵激烈地进行，两人得出结论，他们的性格如此不合，不能共同生活。妻子的母亲也掺和到争吵中，抢回了自己送的礼，丈夫父亲也决定不让步，把送给年轻夫妇的沙发和柜子搬回了家。两周前还在海誓山盟的唇舌，如今喷出愚蠢侮辱的话语……法庭上，一名智慧的女检察长开始把这团乱麻逐一理清。年轻夫妻几乎都回忆不起争吵的原因，面对人们，他们羞愧难当。如果将琐事放大，变成“世界性问题”，如果心中没有高尚的目的，人会变得何等荒唐。

对于人，最重要的和最难的，是在各种境遇里始终坚持做一个人。永远做一个真正的人吧。

祝健康、愉快。

你的父亲

第二十二封信

你好，亲爱的儿子！

你妈妈生病了，住了三天医院。她一周都在说腿疼。我和奥里娅想方设法为她医治。这是她年轻时落下的病根，为此她饱受痛楚。在我们的青年时代，祖国很穷，人民为社会主义建设奉献出一切。我们大学生每年有三个月的时间在田间劳动，工作也不像今天这样轻松。那时，全部工作用双手完成。一年中整整一个月时间我们在寒冬收获马铃薯——用铁棒把马铃薯从冻土中剔出来。那时你妈妈严重受寒了。

请给她写信吧，马上就写吧。你的每一个字对于她都是宝贵的。

想起母亲，我现在的心变得痛苦起来，我在童年和少年时代曾经——虽然并不明显——让我的妈妈失望过，让她夜不能寐，让她白了头。我记得那是一个早秋傍晚，地平线上乌云密布，雷声轰鸣，我准备去波尔塔瓦，回我们学院，我提着小箱子走去车站。这时妈妈不在草屋里，正在菜园里忙碌。看到我要走，她不知所措地站着，像活生生的母亲悲伤的化身。我听见妈妈说："穿上衣服吧，要下雨了……"我穿着一件衬衫，天不怕地不怕似的，满不在乎，到车站有七公里，我没有往回走，某种渺小自私的感受在那一刻刺激了我的心，某种渺小的委屈生于我的心灵。我走着，好像一直能听见妈妈的声音："穿上衣服吧，要下雨了……"在这些话里，她有多少想说的没有说出口啊：你为什么不告别，儿子？为什么你没拥抱我，没吻我？你受什么委屈了？不可以把心中的委屈对亲爱的妈妈隐藏……

从那一刻到现在已过去三十年，我的妈妈已七十多岁，像其他老年人一样，她过上了幸福的生活。可直到现在，我的耳边还时常回响起她的话音："穿上衣服吧，要下雨了……"当时的我曾让妈妈伤心，随着那些瞬间，我被深深地推入少年期和青年早期，那些回忆越发鲜明，越发尖锐，就越发深刻地被我体验到，它们啃咬着我的良心。我已经鬓发斑白，但在妈妈面前觉得自己还是小孩子，年龄越大，越觉得自己是一个小孩子。

母亲是生活的第一创造者。永远别忘记，儿子，她给了你生命，养育了你，在你面前呈现了世界上所有的美，把善与恶、荣誉与耻辱的观念植入你的心灵。母亲是世界上一切美的创造者，因为她是人的创造者。谁忘了自己的母亲，谁就不可能是一个真正的爱国者。

记住，母亲所有的期望、操劳和担忧都是关于孩子，关于他们的命运。孩子们心中和事业中的善是她的幸福，而恶则是她的悲伤。

记住，任何一个女子都是母亲和未来的母亲，即使对孩子们最具奉献精神的父亲也不能体会她的情感。她以自己特有的深刻和美担负着自己对于全人类族群的责任。母性让女人美丽和聪慧。从一个女人成为母亲的那一刻起，她的情感就获得了崇高的、除了她以外谁也无法达到的意义。丈夫的一小部分——如果他配得上的话——对于母亲来说也像孩子。世上最高尚的美，就是女性的温柔之美。青年们，假如你们能明白并感受到女性温柔之美的深度、伟大和力量，你们会在自己的想法和行动中百倍地变得高尚、纯洁。

对于母亲，包括丈夫在内的所有人，某种程度上都成了她的孩子。这是女性温柔之美的最高尚的体现——感受每个人的内在心灵世界，欢乐和痛苦。这一品质显然遗传给了女儿们，在成为母亲之前，长期在她们的行为中体现了出来。要善于珍视女性的温柔之美，善于在她身上发现未来的母亲特质。自然和社会庄严地赋予她世界上最崇高的创造：她可以再创造一个你，比现在的你更好；她能把你的心跳和理性的火花带到未来；她能在孩子身上注入自己的美和你的美。她的劳动要比你的劳动复杂得多，要守护她的健康、美好和生命。她的美体现出全人类的美。不能欺负女孩，不能用恶来加害女孩，只因为她是女孩。欺侮女孩时，你就是在欺辱自己的母亲和天下所有的母亲。你对妇女的态度是你心灵的一面镜子。

祝你身体健康，精神饱满。紧紧拥抱你，吻你。

你的父亲

第二十三封信

你好，亲爱的儿子！

你请我教你“如何尊重女性温柔之美”，请我解释何为女性温柔之美。我很高兴，这问题让你激动不安。要记住，对女性的态度是衡量道德的尺度。卡尔·马克思曾写道：“根据对待女性的态度，可以判定一个人的总体文化程度。”对待女性蛮横无理，那么他在各方面都会是蛮横无理之人。女性温柔之美是人类之美的最高表现，在这一美中新生命得以诞生、成长并开花。作为生命的承担者与创造者，女性对人类未来抱有最高尚的道德态度。尊重女性意味着尊重生活。作为精神美和身体美的结合，真正的女性温柔之美诞生于劳动。劳动人民还在女性温柔之美的概念中加入女性柔弱的思想，其中蕴含要求男子尊重和呵护女性的义务。

女性温柔之美越来越成为全体人类之美的主宰。假若女性明白并珍视自己在塑造新生命中的特殊作用，她就不可能是不美的。许多姑娘没有耀眼的外表之美，但她们的魅力仍令人心驰神往，这恰恰由于她们具有女性温柔之美。学会看到并珍视这一女性美吧。

女性温柔之美是道德纯洁、品行高尚和人类崇高美德的最高体现。

这些特征体现在女性能以纯洁的态度对待与男性的一切道德审美关系。男性若不尊重这些关系的隐秘的一面，就会深深伤害具有崇高道德感的女性。

随着妊娠、分娩和哺育幼儿期的到来，女性温柔之美就以全部力量和美绽放。记住，男人的道德越高尚，女性与之相处时所发挥的作用也就越大，她可以智慧地利用自己的女性温柔之美，加强自己在家庭的道德权威。在一个美满的家庭中，妻子—母亲是道德的领导者和主宰者，丈夫—父亲对她越是顺从，孩子越容易被教育好。你应把这一点牢记在心。

女性温柔之美是女性的精神力量，它不仅能培养孩子，也能培养男人们——丈夫、儿子。在我们家你可以清晰地发现这一点。倘若不是因为你的妈妈，你们兄妹不会对善恶如此敏感，如此富于人道主义精神，如此富有同情心。

自然和人类历史发展的进程史赋予了女性相对男性来说更精细、更优雅的工作。我们喜爱女性的柔弱，这毫不奇怪。但只有柔弱与强大的精神力量结合时，这一特征才获得肯定。这种结合彰显女性温柔之美的魅力。在管理家庭和相夫教子时，妻子意志坚定、有条不紊、言行一致，所有这些保证妻子在树立良好的家庭名誉中起主导作用。

许多男人在心灵深处留有封建残余思想，这在青年中也并不少见，我们应与之斗争。年轻男人结了婚，工资待遇不错，随即要求妻子放弃工作。他认为这是给妻子的莫大恩惠，殊不知妇女将被琐碎、机械的厨房劳动吞噬，用列宁的话说，成了“家庭女奴”。心灵强大、意志坚毅的妇女对此是无法容忍的。个别脆弱的、缺乏心灵坚定性的妻子常常自愿承认丈夫在心智方面的领先地位：丈夫不断提高自己的学识，而妻子则服务于他。这当中不仅隐藏着对于妻子的危险，更有对于丈夫的危险。要像害怕火一样，害怕如下情形出现：你的未婚妻感觉到你的强势，并随声附和你……女性温柔之美的建立和发展，在很大程度上和妻子的智慧相关，和她超越家庭局限的水准相关。聪明的丈夫往往致力于让妻子拥有丰富的心智生活，追求平等，甚至把她置于家庭心智生活的首位。

假若妻子善于利用自己的优势，在家庭中确立自己的道德权威，她的女性温柔之美就会加强。在丈夫眼里她拥有极大的魅力，她的眼睛和面孔永远不会失掉可爱和神采。她把自己的智慧、自己心智的成长当作影响丈夫和子女的一个重要的方式。

我认识一位聪慧的、意志坚强的妇女。她只受过小学教育，嫁给了受过高等教育的农艺师。她不仅没有落后于丈夫，相反，她始终在家庭心智生活中占据领先地位。新婚伊始，她开始阅读有关医学、土壤学、化学等科普书籍，还有文学艺术书籍。她明白，和丈夫的精神交流顺畅与否，取决于她能否帮助他，能否以他的兴趣为重，更重要的是能否在他的心智生活中影响他。天生的智慧不仅帮她理解了所读书籍，理解了丈夫的思想和困难，还让她在农业方面表现出极大的创造性。她的一些建议既专业又有见地，让丈夫感到震惊，这归功于她是智慧、善于思索的人，她在很多方面都做到了这一点。

她在生产小组里是甜菜种植专家，把自由时间都用来读书。她的知识涉猎面越来越广。一双儿女接连上了中学。她可以很轻松地帮助他们学习低年级的课程。可当孩子们学习代数、化学、几何时，妈妈感觉在给孩子们提供帮助上力不从心，而这样会削弱她对孩子们的道德影响，因为他们已习惯妈妈无所不知、无所不晓。于是她决定不掉队。这件事做得何其巧妙，孩子们都认定：不是妈妈在向他们学习，而是他们在向妈妈学习。

她学习了中学的所有课程。她在家庭里心智领袖的位置得到了稳固。所有这一切都需要她花费大量精力。学外语尤其不容易，她无法学会正确发音，又不想向教师请教，于是买了一台电唱机和一套课文录音碟片。孩子们从没发觉，妈妈也像他们一样在学习，而且困难要大得多。

一些女人用自己的理解评论她对知识的追求："玛丽娅不肯落后于丈夫，只是为了不失去他罢了。"对于这个非常复杂现象的狭隘解释，确实有部分道理。玛丽娅有很高的自尊感，她懂得为了精神充实、美与和谐幸福的家庭生活，她应成为有魅力、受人尊敬的女性，而不是变成庸俗概念上的有夫之妇——只服务于丈夫和子女的需求。她很清楚，若精神价值得不到提升，她很快便会在丈夫的眼中黯然失色。这位女性正确选定了自己在精神上追求的范围，不断地成长使她成为家庭精神生活的核心。因此，她终生保持着女性魅力。

假如你想让你的未婚妻成为你一生的唯一挚爱，那就这样建立生活吧，让你妻子的精神世界不断被丰富充实。

祝身体健康，精神饱满。

你的父亲

第二十四封信

你好，亲爱的儿子！

你在促成我写一部完整论著。首先关于友谊和爱情，然后关于女性的温柔之美。现在你请我讲述美，我就说一说，但愿我的话能永远留在你的思想意识中。

从人成为人的那时起，从人欣赏晚霞之美的那刻起，人开始了对自身的凝视。美是深沉隽永的人道，是我们的生之欢乐。人开始成为人，因为他看见了碧空深邃澄澈，星星照耀，晚霞的万道金光，预示狂风将至的绛红落日，地平线上一片颤动的海市蜃楼，辽阔草原的无尽远方，三月雪堆上的暗影，天际的雁行，闪烁的朝露，秋日的阴雨，丁香丛中的紫云，雪花莲的细茎和幽蓝的钟形花朵——他看到了，叹为观止，开始在大地上跋涉，创造新的美。你也在美的面前驻足吧，带着惊奇，你心中会开出高尚的花，光彩照人，兴盛强壮。在人的面前，生之欢乐展现，因为他听见了树叶低语、螽斯吟唱、春天小溪潺潺、银色花朵的闪变、夏日的云雀啼叫、簌簌雪落和窗外风暴怒号、浪花亲切击岸的声响与夜晚庄严的寂寥——他听到了，屏住呼吸，聆听这数百年、上千年世间的神奇音乐。你也学会聆听这音乐吧。要珍视美，保存美。

最高的美在于人，人类美的顶峰在于女子的温柔之美。对于女子之美的如醉如痴体现在伟大诗人的不朽的艺术作品中——荷马、但丁、莎士比亚、歌德、普希金、舍甫琴柯[1]、密茨凯维奇[2]。他们用全部智慧歌颂女子之美，那些他们钟爱的女子成为世世代代爱情、道德、情感的楷模。女子的温柔之美不是性本能的产物，不是两性需求不可分割的部分。你要在笔记本里写下并记住别林斯基的话："这仅仅是一个美丽女子，在她的脸上你们找不到任何特定表情——不是情感、心灵、善、爱情、自我牺牲、崇高思想和愿望的体现……她只是美丽、可爱、充满生命力——除此之外，再无其他。你并没有爱上她，也不想着被她所爱，你静静地欣赏她优雅的动作，有她在场时，你的心跳得更富于生机，你的心灵瞬间感受到温柔、幸福、和谐……"

人类的外表美，体现着我们关于美的理想概念。外表美不仅是人类学所指的身体各部分的完美，也不仅是健康之美，它是内在崇高精神的体现——丰富的思想和情感世界、道德的美好品质、对他人和自己的尊重以及谦逊。精神生活的中心、思想的镜子、情感的表达者——是人的眼睛。人的道德发展和精神文化总水平发展得越高，内在的精神世界在外表上就反映得越鲜明。这一心灵烛光——用歌德的比喻——越来越多地被现代人加以表现、理解并感受。内心的美是能够反映于外表的。当一个人试图为自己的外表添加点儿什么，或完全不符合人所固有的关于美的概念，或对人的尊严进行贬低，这些都是内心空虚的证明。

内在美与外在美统一，这是人的道德尊严的审美表现形式。人追求

---

[1] 舍甫琴柯（1814—1861），乌克兰诗人、艺术家。
[2] 密茨凯维奇（1798—1855），波兰浪漫主义的代表诗人。

美，希望自己看上去美丽，这并不可耻。但是，我认为（不知你怎么想），这一愿望应合乎道德。这一追求是否具有道德性质取决于这种美在多大程度上表现出人的创造的、积极的本质。当人精力充沛地从事心爱的活动，且这一活动根据自身性质凸现了这个人的个性所固有的某种好的方面时，人的美就会愈加鲜明地表现出来。此时他的外表好像被内心照亮。米隆的《掷铁饼者》的美体现于内在精神力量和强健体魄紧张结合的瞬间，这并非偶然。这种结合是对美的礼赞。一个思考着创造和美的姑娘，比一个因无所事事而痛苦慵懒的姑娘要明媚、深刻得多。无所事事是美的劲敌，记住这一点，儿子。劳动者是美的——联合收割机手、拖拉机手、飞行员、在心爱的小树旁工作的园丁。内在的精神美照亮了学者、思想家、诗人和画家的脸庞，在那一刻，理性因创造之光变得高尚，光彩照人。如果你想成为美丽的人，忘我地、心醉神迷地劳动吧——直到感觉自己是一名创造者，一位大师，一个行业专家。以这种方式劳动，你的眼睛将闪耀伟大的人的幸福——创造的幸福所给予的崇高光彩。

美是灵感的伴侣。贡恰尔有一篇优秀的短篇小说《向日葵》。其中讲述了一位雕塑家，他接受了一个任务，要他为一位姑娘塑造半身像，这位姑娘是向日葵高产能手。雕塑家觉得姑娘的面孔并不漂亮，没能给他灵感，因此雕塑家拒绝了这一工作。在去车站的路上，他必须经过一片开花的向日葵田野。在这里他看到了自己雕塑作品的女主人公，她正在劳动。但此时她的脸看上去是另外的样子。姑娘被劳动的美感照亮了，五官上洋溢着内在美。“她真美！”艺术家赞美道，并在自己的想象中塑造了姑娘的脸。

外在美有其内在的道德源泉。任何创造都能使人变得美丽，改变人的五官，使它们更微妙、更富于表现力。

由忧虑和操劳构建的“创造的痛苦”也是美。像悲伤让面容布满了深深的皱纹一样，创作的辛劳是最精妙、手法最高明的雕塑家，让人的脸变得美丽。相反，贫乏的内心则让人脸变得冷漠和呆板。

如果说内在精神的富足能创造人的美，那么游手好闲，更别说不道德的行为，则会危害美。当你在一个大集体中和许多年轻人接触时，在看到一些明朗、令人难忘的面孔的同时，你也看到那些毫无特色、不引人注意的脸，它们时隐时现，让人过目即忘。精神空虚使得人的外貌失去了个性。

不道德的行为使人变得丑陋。撒谎、伪善、说空话的习惯会慢慢让眼神空洞迷茫：他逃避直接看别人的眼睛；在他的眼里很难看到思想，他把思想藏匿了起来。阿谀奉承、逢迎谄媚不仅给眼睛和脸带上卑躬屈膝的神情，而且会在整个外貌上添加扭曲的痕迹。遇到阿谀奉承和逢迎谄媚的人时，我觉得他们不仅用耳去听，更用整个身去“留心细听”——用手脚，甚至无时无刻不在用后背、用脑袋去听，有时点头哈腰做阿谀奉承状，有时表示歉意，只为了猜测领导的心思。再没有什么比逢迎谄媚更丑陋了：人会变得完全不由自主，像在努力从自己的兽皮里爬出来似的。嫉妒、个人主义、怀疑，是“我不被珍惜”的恐惧——所有这些情感会逐渐使人的面貌变得冷酷，使人闷闷不乐，没有同情心。

做自己的主人，珍视自己的尊严，这是真正的人之美的鲜活血液。

人之美的理想与道德理想同在。身体的、道德的和审美的尽善尽美，三者的统一，这就是被无数次谈论过的和谐。如果爱情不能将人变得美好，不能将情感变得崇高，那么也就不可能将我们的生活变美好。人之美的巅峰将会在那一时刻达到——当我们社会千千万万人中的每一个人，都开始闪耀内心的美。用高尔基的话讲，每个人将像星星一样彼此照耀。我坚信，在共产主义社会里，所有人都将是美的。无其他可能，因为内在的美与外在的美将同时绽放。

你是你自己精神美的创造者。你的美将感染生活在你身边的人。

给你寄去格雷厄姆·格林[1]的文选。这本书不仅应用头脑去读，还应用心去读。不仅要读每一行，还要读懂字里行间的意思。

祝身体健康，精神饱满。拥抱你，吻你。

你的父亲

[1] 格雷厄姆·格林（1904—1991），英国作家、编剧、文学评论家。被誉为20世纪最伟大的作家。

第二十五封信

你好，亲爱的儿子！

你从集体农庄寄来的信收到了。未来五年里，你将很好地了解乌克兰乡村——因为至少会去五个州。你说在你们工作的村庄，刚审判了一个过去的伪警，他在二十五年前曾迫害过苏联人，杀害并折磨过游击队员、老人、妇女和儿童。你不解：一个生于苏维埃国家，并成长于社会主义制度下的人，怎么可能突然变成祖国的叛徒？“因为生活本身就在教育人啊！”你感叹道。

问题症结正在于此，我坚信：并非生活本身施教，而是人在施教。生活只是助人施教。我给你讲一件事，从中你会懂得背叛者是怎样产生的。

我们区的一个村里不久前住过一个人，他的命运可怕，发人深省。

那是战争之初。血腥飓风卷起的热浪正灼烧着乌克兰，法西斯匪徒从西方像毒虫一样漫天遍野地爬过来。我们的军队撤退到第聂伯河。八月一个静静的早晨，此人居住的村庄主路上出现了敌人的一队摩托兵。人们躲藏在农舍里，安静下来的孩子们恐惧地望向窗口。

忽然人们看到了难以置信的一幕：此人从农舍里走出，身穿刺绣衬衫，脚蹬擦拭得铿光瓦亮的皮靴，手托用绣花毛巾包裹的面包和盐。他不时朝法西斯分子们点头，把面包和盐献给他们，并鞠躬致意。一个红褐色头发的小个子上等兵假惺惺地接过了面包和盐，拍了一下叛徒的肩膀，用一根香烟款待他，然后又从衣袋里掏出一包香烟，手里掂量一会儿，想了想，打开烟盒，数出一半数量的香烟，递给了他……

所有这一切被孩子们看在眼里，并告诉了妈妈。几分钟后，全村都知道了这一招待强盗的可耻的行径。人们握紧拳头，心中燃起强烈的仇恨之火。之后人们开始思考：他是谁？是什么引他走上可怕的背叛之路？他们回忆从这人祖父和曾祖父延续下来的家谱，思考他的童年。为何会这样？一个二十岁的青年，似乎还加入过共青团。但是等等，他姓甚名谁？大家知道他的姓氏，人随父姓，可他的名字，谁也不晓得。大家都对他的妈妈很熟悉——集体农庄庄员雅琳娜。此人从小就被唤作雅琳娜的儿子。人们开始思考：什么导致小伙子的背叛？但关于雅琳娜的儿子，大家所知甚少。

邻居们知道他是雅琳娜的宝贝儿子。他是父母的独苗，从小在蜜罐里泡大：一觉睡到中午，窗边桌上摆着妈妈精心准备的一陶罐牛奶、白面包和酸奶油……别人家教孩子自小劳动，天亮就把他们叫醒，派到田里工作。可雅琳娜却护着自己的“金宝贝”，（她这样称呼自己的儿子：我的金宝贝，我唯一的、看不够的宝贝！）不让他劳动，什么也不让他操劳和担忧。

看，正是你说的生活在施教……一切取决于人对待生活的态度，取决于生活将用哪一面影响人的心灵。这个孩子在学校里上到六年级，感到学校功课负担重。于是妈妈决定：不能让孩子受书本之苦，最重要的是健康。十八岁之前这孩子一直在闲逛，已经开始去找夜校的女学生，并引诱姑娘了……

人们回忆起来，战争爆发前一两年，曾有个美丽的女孩来过雅琳娜家，来时含着泪。她们之间说了什么无人知晓。村里人只知道这个黑眼睛美人再也不出门了，后来长期住院，失去了少女的美，黑眼睛里的火也熄灭了。邻居们后来知道雅琳娜把自己的“金宝贝”打发到一个很远的农庄，去找他的养蜂人舅舅了。据传闻，雅琳娜的儿子过上了放荡不羁的生活，吃白面包加蜜，每到夜晚，一个梳辫子的蓝眼睛美人到高高的杨树下找他。有一天雅琳娜病了，捎信让他回来，需要他帮忙料理家务。儿子回来后，待了三天，觉得工作太过繁重：挑水、砍柴、割干草……他又跑回农庄了。

这就是生活在施教……雅琳娜曾忘我地爱着儿子，可儿子是怎样报答她的呢？如果生活在教育他，那么妈妈的爱本应培养起儿子的爱。但生活并非这么简单。常常会这样：“爱”变成不幸。

在痛苦年代中，雅琳娜的儿子何时以及如何出现在村里，谁也不清楚。黄昏时，闲坐的老人和妇女在樱桃树枝下谈论起这一切，思绪难以平静：他像谁呢？法西斯分子占领村子三天后，雅琳娜的儿子就把伪警的袖章戴在手臂上，在村子里招摇过市。

“我们反复地想，不停地猜，但心情没有因此而轻松些。”七十岁的尤西姆老爹说。这种卑鄙下作是从哪儿来的？来自空虚的心灵。此人心上没有人生的神圣之物。既不为母亲，也不为祖国感受过发自心灵的痛苦。不忧虑自己祖辈的土地，心也不会因此颤动。他的双手没在故乡的泥土里留下过根芽，没为人们建过遮风挡雨的窝棚或房屋，没为庄稼地流过一滴汗水，没为艰苦而甜蜜的劳动磨起过一道老茧——杂草就长起来了。

这些话在人们中口耳相传。雅琳娜的儿子成了法西斯分子忠实的走狗。他帮助法西斯分子把人们遣送到德国服苦役，帮助掠夺集体农庄庄员的财产。据说，雅琳娜儿子的家中出现过被杀害的游击队员的衣服……黑眼睛姑娘的母亲在咒骂这个法西斯分子的奴才时直接说，就是他把自己的女儿送到德国服苦役。

雅琳娜的恐怖日来了。人们鄙视她的不肖子，也鄙视她。她试图规劝儿子，提醒他苏维埃政权会回来，他要付出代价，但儿子竟开始威胁她："知道吗？不赞成新秩序的人会有什么下场？"母亲说："你再也不是我的儿子。"丢下房子，母亲投奔姐姐去了。

残酷的占领日子终于结束，十一月的一天早晨，苏联士兵带来自由的曙光。激烈的战斗在村庄四围打响，雅琳娜的儿子没来得及同自己的主子一同逃亡。同村人还没来得及清算他的恶行，严谨的法律工作者就开始审查每个事实，道听途说不足为据——谁目击了雅琳娜的儿子参与绞死游击队员的恶行？谁目击了他射杀苏联人？谁能证明正是他把黑眼睛姑娘送往德国去服苦役？所有这些并不容易被证实，尽管大家知道、确信他犯下了这些罪行。调查取证持续了很长时间，最后雅琳娜的儿子被判处七年徒刑。

七年过去，雅琳娜的儿子从监狱出来了，此时他的母亲生命垂危。雅琳娜请求所有亲戚和村里最受尊敬的老人到她的床前，唯独不准儿子走近。死前她说："亲爱的乡亲们！别在我的胸口压上这块大石头。请不要把这个人看作我的儿。”

儿子站在房子中间，置若罔闻的样子，仿佛妈妈的话对于他无所谓。那时尤西姆老爹代表大家说：“会照你请求的去做，雅琳娜。我们不会把这块大石头压在你心上的。就让这个人像一条无亲无故的狗走吧，直到他死。不仅没人会说他是你的儿子，我们还会把他的名字忘记。”

尤西姆老爹的话似有先见之明：之前就很少有人知道这叛徒的名字，大家都叫他雅琳娜的儿子，现在完全把他的名字忘记了。对于这个三十好几的人的称呼五花八门：一些人叫他坏蛋，另一些人叫他没心肝的人，还有些人称他为心中没圣物的人。他住在父母的农舍里，永远没有人登门拜访。家长禁止孩子走近这个“无名之人”的小屋，这也就成了所有村民对他的称呼。

他到集体农庄工作。人们避免和他一起工作。有一段时间机械手短缺，他请求学开拖拉机，但找不到愿意和他一起合作并传授他技能的人。

雅琳娜的儿子遭到人们的排斥。人民法庭看起来比监狱可怕得多。他想结婚，但没有一个妇女或者姑娘愿把自己的命运与他联系在一起。

他曾试图搬出村子。这时人民道德的所有力量显现了出来。很明显，背叛祖国的人永远不会得到宽恕。

又过去两年。无名之人蓬头垢面，像百岁老头儿，眼神开始浑浊，视物不清，据说还失去了理智。他整日坐在院里，仿佛在太阳下取暖。他自言自语，有时在地上挖土找些树根就吃了下去。有人出于怜悯，在夜里给他送来一块面包和一瓦罐汤，放在老梨树的树墩上。无名之人早上便狼吞虎咽地吃了。

有一天我去到那村子。在村苏维埃主席的办公室坐了一会儿，这时进来一个衣衫褴褛的老人，看着有七十岁。

村苏维埃主席低语道：“这就是无名之人。今年三十九岁……咱们听听他要说什么。”

“随便把我送到什么地方去吧，”无名之人闷声说，沉痛地开始请求，“我再不能住在这里了。把我送到养老院或随便什么收容所吧。如果你们不管，我就上吊……我知道，我活该受人们的鄙夷和诅咒。我希望死之前听到几句好话。这里的人都认识我，我听到的只是诅咒。”

村民妥协了，送他到一所养老院。那里谁也不清楚他的过去，像对待理应得到照顾的老人一样对待他。据说，当请求他为集体做点儿事——砌砖或挑拣土豆时，他高兴得像个孩子。

可关于他过去的作为不知怎么传到了养老院。人们立刻改变了对他的态度。没人提起此人的过去，但大家都开始回避他。和他同住的老人请求搬到别的房间，就只剩他一人了。在十二月的一个寒夜里，他失踪了，直到现在再也没人见过他。

我希望无名之人的可怕命运让年轻人能够从旁看看自己，看看自己的灵魂，并自问：我们的苏维埃生活中，什么对于我是宝贵的？把我和人民维系在一起的那根线在哪里？我凭借什么去赢得人民的尊重？

你也要给自己提这些问题。细细思量，假若人的心坎上没有神圣的火花，那么他会把自己推向孤独深渊；因为没有这火花——对人民爱的火花，人不可能幸福。为何正直、热爱劳动的妇女会培养出叛徒儿子？难道他的童年不是快乐和无忧无虑的吗？从表面上看，妈妈给了儿子满满的幸福。但这是什么样的幸福，以什么尺度来衡量呢？对于孩子，口腹的满足成了幸福，个人主义的愉悦凌驾于周围世界之上。这些满足像一道高墙，把他与人民的快乐和痛苦隔开，年轻的心变得冷酷、残忍。如果口腹的满足是唯一的幸福，如果只有当他指望得到什么时才走近人，那么就不可能培养出有同情心的、正直诚实的公民。

人的个性的核心是内心深处神圣的，比生命更宝贵的荣誉、尊严和苏联公民的骄傲。对祖国的爱和对人民的爱恰似两条湍急水流汇合成爱国主义的大河。别忘记，你一生中会有这样的一个时刻，需要你表现出公民的勇敢无畏、坚忍不拔，需要你的身体和精神严阵以待。此刻，在你面前有两条路。一条是快乐、富足、愉悦的道路，另一条是异常艰苦和自我牺牲的道路，甚至会因人民的生命和幸福而牺牲自己。让自己做好准备，当那一刻到来时，勇敢踏上第二条路——不怕艰苦和牺牲。

你知道的，我们中学的光荣榜上悬挂着十八岁青年列昂尼德·舍普琴科的照片。在开垦荒地的第一年，他自愿去了哈萨克斯坦，工作是开拖拉机，为了保卫社会主义财产，他牺牲在了战斗岗位上。照片下面有一句印度名言："人的生命犹如一块铁，如果将它用于事业，它就会被擦亮，如果闲置它，铁锈会把它吞噬。"让你的心燃起明亮的火焰吧，既照亮你的道路，也照亮孩子们的道路——生活的幸福正在于此。但如果你的心被铁锈侵蚀，记住，你注定拥有可怜的、苟且度日的命运。列昂尼德·舍普琴科认为生命燃烧胜过生命腐朽。1956 年 2 月严寒的一天，他和同志们开着拖拉机到距离国营农场五十公里外的地方去割干草。返回途中，暴风雪猛烈袭来。本可丢下拖拉机到离大路不远的畜牧专家的家中躲避一下。但列昂尼德没有扔下拖拉机不管。他对同志们说："你们走吧，我留下来，等暴风雪过去。我得把发动机烧热，因为如果把拖拉机停了，就是用一天一夜也别想把机器发动起来。可我们的车上还载着干草，牲口没有饲料了……”暴风雪变成可怕的飓风，天寒地冻，人们已无法靠近拖拉机车队了。一夜过后，同志们在驾驶室里找到这位青年，他已被冻死，死去时手还握着方向盘。

前面所说的背叛祖国的无名之人和这位被好几代青年人引以为荣的十八岁青年，两人生于同一片土地，成长在相邻村庄里，为何命运大相径庭？因为其中一个人，正如常言所说，是为填饱肚子而活，而另一个人则热爱祖国和人民。无名之人的妈妈保护儿子免受世界的忧患困扰，用“快乐”喂养他长大，对于他的妈妈，这就是最高快乐。而列昂尼德的妈妈却教育儿子：你生活在人们中间，记住，你带给人们快乐是你最大的快乐。

我常回忆列昂尼德的童年和少年时代。这个男孩像成千上万的孩子一样普普通通：顽皮淘气，和小伙伴们打架，用弹弓射石子。但这并不决定人的精神核心。最主要的是，人在童年体验到了最高快乐——为人们创造善的快乐。列昂尼德家的房子旁是拖拉机队。拖拉机手们常在木制驾驶室里躲雨，四周是茫茫旷野，炎热的日子里他们无处乘凉。于是妈妈就对孩子们说：为他们种棵核桃树吧。当时七岁的列昂尼德也参加了劳动。拖拉机手们纷纷致谢，孩子们无比开心……十四年过去了，核桃树茁壮成长，暑天里人们在它的树荫下歇息。

我看着你的眼睛，我的儿子，我在想：你为人们做了什么？维系你和劳动人民的线在哪儿？从永恒不变的美中滋养你精神富足的根在哪儿？什么给你的生活带来了最大的快乐？为让有经验的拖拉机手休息，“五一”节你曾和同学们一起驾驶拖拉机在田里工作了两天。你疲惫地回到家，灰尘满面，但你心里十分高兴、幸福，因为你为人们做了好事，从中得到了快乐。你往田里运送了二十吨肥料，原先寸草不生的荒地变成良田。当你望着田野时，眼睛里闪耀着人的骄傲的火花。但能否终生保留这火花，却是我所担心的。

在我们全民族的花圃里，亿万枝蔷薇花开得越明艳，花丛中的飞廉草和曼陀罗就越刺眼。这些不知从哪儿来的飞廉草和曼陀罗，不断毒害我们的生活。曼陀罗和飞廉草可以拔除，让它们远离花朵，然而人却不能被摈弃于社会之外。为了让每粒种子都于沃土开放出美丽的花，应关心如何使曼陀罗和飞廉草不再生长。

一年前我们区的集体农庄里，一个前所未闻的消息让勤劳的人们义愤填膺：大田工作队的生产队长命令司机把几吨化肥丢弃在山坳里了——只为减轻负荷。生产队长和司机都是青年，早在战后就加入了少先队，曾宣誓忠于崇高的共产主义理想；后来又一起加入了青年团。在我们美丽的土地上，这丛“飞廉草”与无名之人是同类，同样丧失人性。虽然犯罪程度不同，但恶的根源都在于道德上的缺陷，也就是内心空虚。

有一句格言说得好：“近朱者赤，近墨者黑。”千真万确，但也有这样的情况。有时谁也没教过一个人学一丁点儿坏，他也没目睹过什么犯罪行为，但他依然成了恶棍。像生活所展现的，此人没被别人教过要学坏，也没被别人教过要学好，他像一株野草在荒漠中生长起来。

在当代我们所能想象的最可怕的事——精神空虚就发生了。无名之人没被教过要背叛祖国，折磨别人，但他之所以成了这样的人，尤西姆老爹曾精辟地说过：因为他既不曾为母亲也不曾为国土感受过发自心灵的痛苦，他的双手没在家乡泥土里留下过根苗，没用一滴汗水、人的一丁点儿荣耀与这棵根苗生长在一起。如果不教人学好，也不教人学坏，那么他将不会成“人”。为了让幼小的生命成为人，应只教他学好。

祝身体健康，精神饱满。紧紧拥抱你，吻你。

你的父亲

第二十六封信

你好，亲爱的儿子！

你的来信把我难住了，回复它并不轻松。你征求我的建议：怎样才能使共青团的小组生活“沸腾、鲜活、有趣”，怎样能让“开会时不觉沉闷，而不是盼着会议快点儿结束……”这些问题很难作答，因为我不太了解你们集体生活的状况，你们共青团员的兴趣和理想是什么。但我还是应该提些建议。

共青团组织活动的弊病我很清楚：大家聚在一起开会，却不知说什么，讨论什么议题。这一弊病原因何在？我认为在于所有会议与精神生活脱节，没有集体争论和辩论。当你们的会议有非开不可的必要性时，换句话说，当你们产生聚在一起集体思考、互相讨论并提出建议的愿望时，你们的会议才能变得有趣。

我认为，所有的共青团组织（中学的、集体农庄的、工厂的、大学的），最重要的工作就是培养人。力争让共青团会议成为自我教育的学校吧。培养头脑和生活智慧，培养情感，培养公民义务感，促进道德发展——所有这些工作可以以开会这种形式展开，目的是让每位青年看到自身，认识自身，思考自己的命运，为了前途而感到激动焦虑，但同时，更是为了将自我认识和理想追求结合起来，使每个人都有前进方向。

我坚信，大学和大学生共青团组织最重要的教育目的是形成世界观和确定思想的方向，而这一点开始于培养头脑和智慧。思想是根基，理想是幼芽，这棵幼芽可以长成人的思想、活动、行为、热情、激情和争论的强壮大树。我认为，共青团组织应教会每位年轻人领悟最重要的生活智慧，让他们学会如何思考，并在实践活动中追求理想。

所有人都抱怨自己记性不好，为什么无人抱怨自己的头脑？因为没有人想要，说得更确切些，到目前为止，没有人想到要认识自己智慧的不足，没有人想到要培养自己的头脑……

在共青团组织机构里出现了咄咄怪事：大家谈论一切，力争从意识上涵盖关于世界观形成的一些最复杂的问题，可没有人说说如何培养智慧的头脑。其实，一切从这里开始，在这点上有一切的根……

是的，但怎么培养智慧的头脑，从而形成世界观，提高思想性，追求理想呢？如何把这一切廓清理顺呢？达·芬奇曾说：“智慧是经验之女。”铁不用会锈，死水会腐化，或遇冷结冰。而人的头脑不使用，就会枯竭。思索一下，针对这一问题进行讨论：我们的生活经验是什么？我向你保证，这将是最有趣的讨论。有趣就在于你们中的每个人能从各个方面了解自己。你们将用头脑分析自己的所作所为。这场讨论将谈论思想、理想，但所有这些都是通过个人领悟体现的。关于生活经验的辩论，每个人得出关于他所作所为的结论，但这个结论不可能没有自我评价，这其中蕴含巨大的教育价值。

歌德曾写下：“追求实践目的的强大的头脑，乃是世界上最好的头脑。”应以实践为目的分析自己的经验。你要知道，你们的所有学问、所有脑力劳动都具有实践目的：成为好公民，好的创造者；成为正直诚实的人，头脑清晰、心灵纯洁，双手灵巧。好好思考一下吧，你们怎么争取做个好人。你们读什么书？你们为什么而激动？你们的脑力劳动中是否深刻地贯穿燃烧的思想？“为了消化领会知识，就要用胃吞食它们。”我建议把阿·弗朗茨[1]的这句话作为你们辩论会的格言。

你们将生活在共产主义社会，应具有创造者的思维。何谓创造者的思维？就是将世界观作用于行动。你们在大学做学问的特点应是：在思考的同时，应当不仅了解、解释周围世界，还应有所确立、有所斗争、有所维护。一位大学共青团工作者曾对我说：“在大学共青团工作，让每位青年男女都能参加具体活动很难。我们是‘纯粹的思想者’，我们和生活能有什么直接的联系呢？”

真是奇谈怪论！“纯粹的思想者”也有因不愿背叛自己的信念而献出生命的。在分析自己的生活经验时，你们应回答这样的问题：我们在确立什么，维护什么，争取什么？我认为在我们的社会里，恰恰在思想领域内，科学的辩证唯物主义世界观同迷信、偏见、思想僵化还将进行长期的斗争。有多少人还在固执地相信，许多现象里有可被认识的和不可被认识的两个方面——有某种神秘、超自然的存在，永远不可能被解释。

笃信宗教的人们一般秉持这种观点，他们深信上帝。应在他们的心灵里确立另一种信仰和希望：今天的人源源不断地解释了昨天还不能被认知的大自然和思维的秘密，新谜题、新秘密在他们面前正不断被揭开。

[1] 阿·弗朗茨（1844—1924），法国作家、文学批评家。名言是：“我们所有人都将被死亡吞噬，学会忘记这一点——这就是智慧之所在。”

我相信，在认识了最复杂的秘密和存在的微妙后，人将掌握最大的、古已有之的秘密——人生的秘密。这是真正为理性胜利而做的斗争，与此同时，也是为人的胜利而做的斗争。这个过程时时都是思索，思索，再思索，处处在争取着理性的胜利。别林斯基曾这样写道：“理性被赋予人是为了人能理性地生活，而不仅仅为了让他看见自己缺乏理性地活着。”丰富自己为人类而斗争的经验吧，那样你们就有得争论，有得可说。总之要在自己的日常生活中，确立一个最为重要的科学辩证唯物主义真理：今天还不被认知的，明天将被认知。比如，大自然的无线电波还没有完全被揭示，万有引力的本质解释得也还很模糊，这里还有许许多多疑问。在这些自然奥秘的领域里争取掌握科学唯物辩证主义的知识吧。思索，思索，再思索。你们的头脑被喂养得越多，你们的争论就越激烈，你们对生活的认识就越丰富。

如果你们思索那些尚未被认知的现象，那你们将成为真正有智慧的人。列夫·托尔斯泰曾写道：“智慧，所有的人都需要，因此也是所有人固有的。”知道自己的使命和实现它的方法，智慧的意义就在于此。“如果智慧有如下特性：当一个人充满了智慧时，它可以从这个人身上流向没有智慧的人，能这样就好了……但遗憾的是，接受别人的智慧，首先需要独立工作。”

对于这些话，绝顶聪明的智者也需深入思考。不管你周围有多么智慧的人，如果你无所事事，那么你也无法登上人类智慧长梯上的第一级台阶。不管多么有趣的讨论发生在你身边，你都应独立思考，这样才能变得更聪慧。

我建议在共青团辩论会上就罗曼·罗兰所说的“智慧的勇气”和“智

慧的诚实”展开辩论。罗曼·罗兰说：“智慧的勇气是指在脑力劳动的重负面前不退却。智慧的诚实是指在真理面前不退却，冲向它，不惜一切代价占领它。鄙弃轻率的决定和有损尊严的谎言。具有独立思考的勇气吧。做一个人。”

诚实地去思索吧，每一个人都要自问，你是否能永远克服脑力劳动时的困难。记住，儿子，在脑力劳动中极易屈从于选择一条捷径的诱惑，避开最艰难的道路。你是否永远以真理公正之名、以思想和理想之名克服困难？

瞧，关于理性和智慧有多少可以辩论的啊，关于思想和理想可辩论的也不少。我建议给辩论会设置这样的主题，“谁是我认为值得学习的榜样”“人的理想和理想的人”“道德与美”。记得我在师范学院读书时，正好辩论过这些主题。你们也试试吧——你们会看见，观点之剑的碰撞。

高尔基有个了不起的观点：“当大自然剥夺了人四肢着地爬行的能力的同时，它给了人手杖一样的东西——理想！从那时起，他无意识地、本能地走向更好，越来越高尚！有意识地努力吧，教人们明白吧，只有在有意识地朝着更好的努力中才能获得真正的幸福。”从无意识地、本能地朝着更好的努力转变成有意识地努力。你明白这句话吗？这就是我们说的自我教育。手杖，人用难以置信的大量劳动获得的手杖（不是大自然白送给他的理想手杖，不是），不应是一根重棒，把他困住，只能朝向一个地方。让理想成为一根灵活的手杖吧，即使在极度黑暗中也能帮助人探索出路。

没有理想就不可能前进一步。没有理想，青年人的梦想就无从谈起，而梦想是火花，可以点燃共青团员崇高的浪漫的精神。关于理想展开争论吧，你们将看到创造性的思想让你们超越庞杂的生活现象，并从中找到对于你们宝贵的东西。

关于共青团会议的主题，这就是我的建议。这当然不同于一般的、大家都厌烦的、没人愿意发言的会议，因为它们总是老生常谈。这样的讨论会是创造性思想的鲜活游戏，因高尚动机而充满崇高精神。

祝身体健康，精神饱满。

你的父亲

第二十七封信

你好，亲爱的儿子！

好样的，孩子们，我非常高兴，你们做到了信念吩咐你们做的事。我惊讶，年轻的农艺师竟做出如此无意义、十足愚蠢、不善经营的指示——推倒平顶高山上的玉米地里偶然生长并成熟的一片极好的向日葵林（从凋落的种子里长出的），并将其掩埋，只为了不影响拖拉机收割玉米。你们的良心抨击着这非但无意义且有害的表面文章。这也是共青团团员的良心和真正的信念。你们做得太漂亮了，拒绝执行愚蠢的指令，在超出定额工作数小时后，采收了所有成熟的向日葵花盘——要知道你们挽救了几十公担粮食，因它们可被用于育种。

对于集体，你们获得了某种无可比拟的、比物质价值大得多的财富。同时，你们还获得了巨大的精神财富——罗曼·罗兰曾称之为“智慧的诚实”。

人的精神之美，首先是对高尚的、真正的、正确的信念的忠诚。去年我已在给你的信中提过，但关于信念可以写一部叙事长诗。对真理的情感，可以增加对自我的尊重——火热的信念让人只按照良心的提示去行动。

不久前在我们这里发生了一件有教育意义的事。七年级一个十三岁的女生玛琳娜，你不认识她。她的父母都是教徒，数月前，他们开始设法让独生女儿相信：没有对真正的主的信仰，就无法在世间生活。他们好几次让玛琳娜去祈祷。可女孩从很小的时候就已在意识里埋下真正真理的种子——伟大的人的理性的信仰。一次祈祷后，女孩问传教士："您说，主在地上创造了所有生物……您让我相信，主是为了人的福祉而做的，但为什么主还创造了数千种致命的微生物，导致了成千上万的人死亡？这有什么福祉呢？"

传教士回答："真正的主需要用心、用情感去信仰，而不需要用理智。不要自作聪明，不该对一切刨根问底。应该相信，主自会给你奖惩。"

"不，我不能相信不正确的。"玛琳娜一边回答，一边离开了做祷告的屋子。之后父母开始威胁她"你不再是我们的女儿"等。

女孩说："如果我不是你们的女儿，那我就离开你们。"

她离开家去找女同学。在女同学家里住了一个月，整个学校集体都在帮助她。她的父母将很快——我坚信——找到女儿，并请求原谅。

玛琳娜的坚定让他们震惊，让他们对许多事情加以思考。他们也开始仔细倾听传教士的话。玛琳娜的父亲已经两次提出"造反"的问题……

这就是真正的思想信念。为什么会这样——一个十三岁的女孩表现出真正的勇气，而三十岁的农艺师却违背自己的良心？要知道他十分清楚收获、保留向日葵比毁灭它们更好。为何他还要如此行事？

这又得说说心灵了。像农艺师一样的人们只知道思想的语言外壳，但思想并未与他们心灵的实质融合，没有被他们的意识掌握，没有激发他们的情感。关于这些人，列宁曾说过：“信念所在，不会比舌头根更深。”不能交给这些人任何严肃的事业。根据他们做事的风格看出，他们一贯说空话、唱高调。

我记得这样一件事。我们集体农庄的主席从区里回来，对大家说：“母牛应改为散栏式饲养，不要把它们拴起来，让它们自由走动。”畜牧专家立刻执行这一建议，并对牲口散栏式饲养赞不绝口。但主席一次休假回来，说这项实验必须马上停止——母牛又被拴在牛圈里。但畜牧专家已经就这项革新在区里的报纸上写了文章，大肆吹捧了。年轻的畜牧专家处于进退两难的尴尬境地。无奈之下，他找了一个解决办法：他在区里常来视察的一个小饲养场里，继续采用母牛的散栏式饲养法，而在其余饲养场，则执行集体农庄主席的指示。没信念的人，就可以这样没底线。

记住，从讨好逢迎和无原则性到背叛仅一步之遥。“信念之所以宝贵，只因它真实正确，完全不因它是我们的。”要学会坚持信念。真理往往不是第一眼所见，它常常蕴藏在事物和现象的深处。可以寻到许多例子来证明——我们集体农庄畜牧业处于很高水平，但也可以找许多事实说明——我们的畜牧业劳动非常原始，尚处于封建经济。两者都可得到证明，但两者都非真理，都不是真实正确的。真理非常复杂，有时甚至是矛盾的。假如你不明白这一点，那么生活会常常给你不可解开的谜题和无法克服的困难。分析事实时，应学会辩证地看到其发展趋势，一切就迎刃而解了。如果仔细研究畜牧饲养场的劳动，就会很清楚手工劳动占主导的饲养场在逐年减少，但完成这一过程不是靠谁挥挥手臂——辩证的发展就在其中，真相与真理就在其中。

我们经常可听见这种论调：我们的犯罪数量在增多，可有什么办法，流氓太多了……这不对，就像透过玫瑰色眼睛看世界一样不对：一切都圆满顺利，犯罪数量不断减少。真相和真理是：我们的人民再也不能和社会秩序的破坏者、罪犯、寄生虫和平共处了。假如关于流氓、醉鬼、罪犯的谈论过多，这就说明了在我们社会所具有的美丽背景上，污垢变得不能被容忍。

从集体农庄回来后，请你马上去书店看看，有没有爱因斯坦文选。如找到，买一本带回来。

祝身体健康，精神饱满，学业进步。拥抱你，吻你。

你的父亲

第二十八封信

你好，亲爱的儿子！

你的信引起了我很大的忧虑。它让我思考人的心灵密室这个主题，心灵很难听从教导，教育者经常会把它忘记……你愤慨地写道：一个大学生的妈妈——从遥远村庄来的集体农庄女庄员，来看望他，他呢，却为自己妈妈是一个普通的乡下人而感到害臊，吓得避而不见，托一个同伴捎话说他在外地……同时还不忘让妈妈把装着母鸡、猪油和白面包的篮子留下……

你很气愤，而我在思考。我认为，共产主义可以改造世界最复杂的方面——人与人的关系，在人的心中树立起真正的人道。当还未在人自身、在他的思想感情中树立起有关最好的人的一切时，就不能奢谈共产主义生产关系的胜利。

一位教育理论家不久前曾说："当孩子戴上红领巾时，真正的思想教育就开始了。"这个观点大错特错。思想教育始于那个时刻——当孩子说出"妈妈"这个词时。这个离开母体而出生，具有人的面孔的孩子将成为怎样一个人，将形成什么样的本质，很大程度上取决于当他说出"妈妈”这个词时，对于自己的妈妈有着怎样的情感。孩子的义务是对人道的测试。

有一个奇异的乌克兰民间传说。

妈妈有一个独生子，这个孩子和一个极其美丽的姑娘结了婚。但姑娘的心肠很黑，并不善良。儿子把妻子带回故乡。儿媳不喜欢婆婆，对丈夫说：“别让妈妈到农舍里来，让她在屋外有遮挡的地方住下吧。”儿子把妈妈安置在房檐下，禁止她进屋。妈妈害怕在恶毒儿媳眼前出现。只要儿媳经过，就躲在床下。

但儿媳觉得这样还不够。她对丈夫说：“为了让屋里没有妈妈的气味，让她搬到板棚里吧。”儿子把妈妈安置到板棚。只有夜晚妈妈才能从黑暗的板棚里面出来。一天夜晚，年轻的美人正在开花的苹果树下休息，看见妈妈从板棚里出来了。妻子勃然大怒，跑到丈夫跟前说：“如果你想让我和你一起生活，就把妈妈杀掉，把她的心掏出来，给我带回来。”儿子的心都没抖动一下，仿佛被美丽的妻子下了迷魂药。他对妈妈说：“妈妈，咱们到河里去洗澡吧。”他们沿着尽是石头的岸边走着。母亲被石头绊了一跤。儿子发火了：“妈妈，你怎么回事，总是跌跤？为什么不看脚下？这样我们得晚上才能到河边。”

他们走到了河边，脱衣，洗澡。儿子乘机杀死了母亲，从她的胸膛里掏出心，把它放在槭树的叶子里，带在身上。妈妈的心脏还在颤动。儿子被石头绊了一跤，跌倒碰到了膝盖，妈妈火热的心脏也跌落到尖锐的石壁上，猛地一震，流着血，它小声说：“我亲爱的儿子，你的膝盖磕疼了没有？坐下休息一会儿吧，用手掌揉揉膝盖。”

儿子号啕大哭起来，捧起妈妈的火热的心脏，把它贴到自己胸前，用热泪把它浇灌。他明白了，永远不会有人像自己的妈妈这样忠诚无私地爱他。

妈妈的爱如此博大、浩瀚，妈妈希望看到儿子快乐、平安的心愿如此深切、万能，心脏竟然复活了，撕裂的胸膛也封口了，妈妈站了起来，把儿子长着鬈发的头靠在自己的胸口上。从这以后儿子再也没有回到他的美人妻子身边。他和妈妈两人一起去了草原。两座坟墓立了起来。每天早晨初升的太阳照亮坟墓的顶端……

这是一个传奇，是人民智慧的结晶。没有比母爱更强烈的爱，没有比母亲的爱抚和照料更温存的柔情，没有比母亲彻夜不眠的眼睛更担忧的牵挂。一位乌克兰民间哲人说：“如果在儿子的眼睛里燃起火花，哪怕比母亲的爱暗淡一千倍，这火花也会在人的一生中燃烧，火焰熊熊不熄。”

“人类之所以存在，是因为存在母爱。没有什么比母爱更神圣更无私：无论何种依恋、何种爱、何种激情，它们或软弱，或自私自利，都无法与之相比。”我认为，别林斯基在这里没有丝毫夸张。

子女要有感恩的心……当父亲和母亲感觉他们的儿女无动于衷、冷酷无情，忘记了父母恩情时，他们的心体验到了多少苦涩思绪和悲伤瞬间啊。当一个人感觉生命黄昏将近时，最大的快乐莫过于子女们因父母曾以孩子们的善和幸福的名义为孩子们所做过的善事而心怀感恩。不知感恩的儿子、不知感恩的女儿——在人民的道德宝库里，应是对人类缺陷最严厉、最深刻的谴责。正是在劳动人民身上，我们应学会诚实、高尚的心的教育，我们应在取之不尽的人民道德的源泉中汲取精神能量，舍此将没有真正的人道、友谊、同志关系和兄弟情义。

我给你讲讲在我们区的一个村子里审判不孝子的事。学习吧，从好事中学习，也从坏事中汲取教训。

一位母亲养了两个儿子。其中一个在战争中失踪，另一个儿子服役平安归来，还带回来几箱“战利品”。他从没在妈妈面前开过这些箱子。妈妈的草房已破旧，儿子却决定给自己建新房。他选了村子里另一头的地，和妈妈的房子离得很远。他盖起一座砖房，罩上了锌板，结婚成家。小康日子过起来了。可母亲的草房摇摇欲坠。她请求儿子：“给漏雨的屋顶盖上一些干草吧。”儿子回答：“我自己的事还操心不完呢，你自己去为屋子想办法吧。”妈妈哭了起来……

年迈母亲的巨大悲伤降临了：她生了病，卧床不起，手足瘫痪。母亲的邻居们来找儿子，他们说：“你有良心吗，安德烈？你妈妈连床都起不来了，需要有人日夜照顾。”儿子答应去看望妈妈，可一次都没去。邻居们一直在照顾生病的老人。

一年半过去，母亲感觉身体每况愈下，儿子一次都没来看望过她。村里开始有传言：儿子拒绝了母亲的请求。他们把安德烈看成没心肝的人，后来更是形象地称他为畜生。安德烈的新居旁来了四个邻居。可正直的集体农庄庄员们能够和没心肝的畜生比邻而居吗？庄员们请求为自己分配其他的地段。他们都搬走了，只剩下四间“罩干草的破漏屋顶”的空房子。走在安德烈居住的街道上很恐怖，从晚上到清晨几个空院子里只有猫头鹰忧伤的哀鸣。一年以后，又有五个庄员搬到新房子去了。街道空得让人害怕。安德烈请求农庄主席：“给空置的地段盖上房屋吧。”但谁也不愿意和他做邻居。

在一个电闪雷鸣的春夜，闪电把空置草房的屋顶点燃了，加上风势，所有被弃用的断壁残垣都被烧毁，只有安德烈盖着锌板的房子完好无损。在这个夜晚，安德烈的妈妈死去了。儿子和妻子来到葬礼上，痛哭流涕，他想在死去母亲的床前做儿子该做的事，但没有机会，因为有人已经做好了。邻居们把他妈妈留下的衣服叠好，捆成一个包裹。安德烈把包裹带回了家，人们用夹杂着震惊和鄙视的眼光目送他。

火烧过的地方野草生长起来。人们看到，夜里野狼常悄悄靠近安德烈的房子，它们立在草灰堆上，抬起头颅，悲惨地嚎叫。

人们远离安德烈，不和他打招呼。恐惧充满了这个没心肝的人的心灵。他害怕走出屋子，每天睡到日上三竿。在无人愿意兴建房子的草灰地上，长起了飞廉丛和山杨林。安德烈出事了，人们说他疯了：白天害怕太阳和人们，夜晚在草灰地上徘徊。安德烈在草灰地留下的一根柱子上上吊了，当人们听到这个消息时，并不感到惊讶。

推土机来到了草灰地，把土地上的废墟铲平，把半腐树墩连根拔除。拖拉机翻耕了土地，生产队种植了向日葵。太阳之花开放，快乐又来到了村子的这个角落。

乐天开朗的机械化专家们住进了安德烈的房子。人们晚上聆听手风琴悠扬的乐音，聆听姑娘的歌唱，回想起这个忧伤的故事，思考安德烈凄惨的命运。他们思考自己孩子们的命运，众人的心在这夜晚时光里因一个念头而忧虑着：妈妈为自己的儿子安德烈奉献了全部的心，为什么安德烈会这样？大家夜里辗转难眠。人们回想起不孝子的童年和少年时代。回想起赫里斯金娜和丈夫乘大车去田野割麦，常常往大车上装芳香干草，用白毛巾铺在上面，给安德烈当枕头来抵挡早晨的严寒。他们十二岁的长子比林普卡一直在帮助父母，他在森林里拾柴，点燃篝火，担水，而十岁的安德烈在睡觉。

安德烈长大了，身体健康，无忧无虑。母亲不关注他的心灵，最担心忧愁会触及他的心，生活的困难会让他平静的童年变得忧郁。有一年秋天，别人招待赫里斯金娜、比林普卡和安德烈吃酸奶油煎蘑菇。安德烈如此喜爱这些美食，以至于他天天要吃酸奶油煎蘑菇。可附近的蘑菇所剩无几，赫里斯金娜不得不每天去二十俄里外的林子采集。有一天她把腿划伤了，勉强支撑着回到家。“难道让安德烈沮丧失望吗？为什么让他知道世界上有痛苦？”赫里斯金娜永远这样说，她想在忧伤事情的面前遮住孩子的眼睛。这一次也如此。随便包扎了一下腿上的伤口，她让安德烈叫来女邻居，让女邻居每天带来一筐蘑菇，她则送给女邻居自己的绣花衬衣作交换。安德烈并不知道，妈妈藏起了自己的不幸，让他永远生活在快乐中，所有的愿望都能得到满足。因此他成了一个没心肝的人，对别人的痛苦、操劳、担忧和激动漠不关心。

我不认识这位因为自己的母亲是从事劳动的普通农民而害臊的大学生，但我可以肯定，他是一个可怕的人。他在困难时刻顶不住——他将叛变。当他建立家庭，成为父亲和丈夫——他会每天做出几十件，乃至上百件背信弃义的小行为，而这些小行为将累积成一个大的背信弃义的举动——他会变成杀害自己孩子的刽子手和欺辱自己妻子的暴君，他将在自己孩子的心灵里培养个人主义、自恋，以及对人的鄙视和冷酷。

祝你身体健康，精神饱满。

你的父亲

第二十九封信

你好，亲爱的儿子！

你信里的这些话让我大吃一惊：“您这么写，像知道了我明天将娶妻生子似的……”

人应预先学会一切。当人迈出第一步时，他就开始学习如何劳动了，而真正的劳动是从十八岁开始的。这时他就应做好充足准备，以延续人类种群。学习教育自己的孩子意味着要学习人道。这并非过一年还是过五年你将有家庭和孩子的问题。

我感到非常惊讶的是：人在少年、青年时学习很多东西——土地耕作、粮食种植、拖拉机驾驶、车床加工，但如何教育孩子，没人想过要去学习。因为人们都认为：要学的话，得有了孩子之后……其实教育孩子是非常重要的。

我的每一天是以孩子们的快乐开始的。我在快乐的孩子们的眼睛里看到对盛开的蔷薇之美的赞叹，当他们观察到什么不寻常的新奇的事物——蓝天上奇妙的白云、叶间五颜六色的蝴蝶时，我看到孩子们的讶异、惊奇……孩子们快乐地展示妈妈和爸爸的礼物。社会和家长也给予孩子们快乐，这多么好啊！但我看着快乐、平静的孩子们的脸庞时，心中却有隐忧。

我又回想起了小安德烈——他也曾无忧无虑，他曾经也不任性，因为爱他的妈妈满足了他所有任性的要求。我担忧着一个问题，每个未来的父亲应好好考虑，你也要好好考虑：我们巨大的、真正永不熄灭的对孩子爱的火炬，是否已在他的心中点燃感恩的火花？孩子是否感觉到生活中的快乐和幸福是家长们的劳动和汗水，是许许多多“非亲非故”但对他非常宝贵的人们的操劳换得的？那些“非亲非故”的人们之所以宝贵，是因为没有他们，他就不可能生活，虽然这是普通的道理，但他是否想到过呢？

延续自己，在自己孩子身上重复自己——这是做父母的最大的幸福。你将像看惊异的、不可重复的奇迹一样看自己的孩子。为了你的孩子一切美满，你准备献出一切。但别忘记，他应首先成为人。人至关重要的是对曾为你做过好事的人们具有义务感，对他们心存感激和谢意。对于你将给予孩子的善，只有孩子自己曾为父母以及其他长辈做过好事，他方能体验到感激和谢意。应教孩子以恩报恩——这是家长教育的最重要的法则。

记住，孩子对幸福的理解就其本性来说是自私的：大人们为孩子建立的善和幸福，他是作为某种理所当然的事情来接受的。直到有一天，作为个人的经验被他感觉到，被他体验到（而经验永远不可能自己上门找到他），这经验乃是：他个人幸福的最重要的源泉是长辈的劳动和汗水。而缺乏这一经验时，他将确信，妈妈和爸爸只为给他带来快乐和幸福而存在。乍一看，这似乎离奇反常：在正直的劳动家庭，家长不关注孩子的心灵，只奉献给孩子自己全部的心，有时孩子会变成一个没心肝的人。而其中并无离奇反常之处，孩子只是作为一个快乐需求者长大，这就是教育中可能存在的最可怕之事，因为善的伟大和美只能被这样的人体验到——他能懂得人最高的快乐是为人们创造善的快乐。唯其如此，真正的大公无私和由此而来的真正的人的快乐才能形成一种力量，才能使年轻的心高尚起来。

如何做才能使妈妈和爸爸给予儿女的一粒粒金沙变成儿女回报其他人、回报父母的金沙矿床呢？最重要的是要教会孩子用整个心看到、感觉、理解、体验到他生活在人们中间；对于他的每个快乐和幸福火花来说，有人燃烧了自己的力量、自己的智慧；有人为他平静、无忧童年的每一天付出了辛劳、增添了白发。

以后你有了孩子，要教会他看到、感觉到人们——或许，在对于延续着自己生命的儿女们的教育中，这一点最为复杂。

记住，童年早期——从孩子有了自我意识那刻起——就要教会孩子热情诚恳。建立、创造对人们的善是从孩子对于美和美丽事物的关心开始的。一切给人带来审美享受和快乐的事物，都有着神奇的教育力量。

年轻的父母应当对教养一个人有所设计，思考这所热情诚恳学校的每一课内容：孩子该做什么能使他的心对周围世界敏感，能使他用心感觉到生活在人们中间。你的家中要有家庭节日，孩子在这一天要为家长创造快乐。在我们家的许多节日中，有一个秋天蔷薇节。你肯定记得童年时和奥里娅种下一株蔷薇，你曾怎样照料这株蔷薇，给它浇水。对于这并不复杂的劳动，孩子们渴望的热情来得快消失得也快。需常提醒孩子：给它浇水，帮它遮挡严寒。单调的劳动并不使他高兴，劳动成果——散发芳香的花朵——还没有显现在他的概念里，应教会他忍耐。

瞧啊，树枝上出现了第一批绿叶——孩子眼睛里燃起快乐的火苗。新的单调而漫长的劳动期到来了。孩子日复一日地浇水、松土、收集肥料。最后，完全出乎孩子意料，开了第一朵花，然后第二朵、第三朵……这几日快乐的火苗燃烧在孩子眼中，无可比拟。这和收到父母礼物后孩子体验到的快乐不同。不是悠闲、休息之乐，不是想到要乘火车的游览之乐。

这是为最亲的人们创造善的快乐——为妈妈、爸爸、爷爷、奶奶。这种善触及、激动、愉悦着孩子的心，因为这种善是美。孩子焦急地等待花朵展开花瓣时，他已学会忍耐。如果发生这样的事——本来给妈妈作为意外惊喜的礼物不知被谁摘下了，对于孩子来说这是很悲伤的。若非真正的人，则永远感受不到这种悲伤。

对于年轻家长来说，再没有比看到目光闪亮的孩子摘下蔷薇花，送到妈妈面前的那一刻感觉更幸福的了。这些瞬间里，孩子的双眼因高尚纯洁的人道而闪闪发光——因给人们创造善的快乐而闪闪发光。

这纯洁的光亮，这束人道的光芒仿佛打开了孩子看世界的眼睛——他看到人们，看到辛苦与担忧，看到苦难。孩子把一朵鲜花送给妈妈，头一次在妈妈眼睛里看到惊讶与快乐。心在这瞬间里会对他说：妈妈很少体验到快乐惊喜，她有许多忧愁时分。孩子产生对自己亲爱的人怜惜的感情，想给妈妈一次再一次带来惊喜的愿望——这就是用金沙矿床丰富孩子心灵的瞬间。孩子想为亲人、为妈妈和爸爸，一次又一次创造美。

这就开始了共产主义真正的人的教育。体验到第一次创造美和善的情感的孩子，获得了新的世界观。在开花的苹果枝上、成熟的葡萄串上和低着头的菊花上，他看到了劳动、辛苦、担忧终于得到回报。他不会伸手折枝、摘花，因为他的良心不允许。

一两年过去，家庭传统被确立了——每逢妈妈、爸爸、奶奶、爷爷生日时，要送给过生日的人一束鲜花。如生日在冬季，就让孩子们在暖房或炉边种花。孩子得多少体验下担忧，这些担忧会触及他的心灵，多么好啊！让你的孩子的生活充满关照和牵挂，为了鲜活、美丽、正在开放和将要开放的花。让小孩子挂念秋风下寒冷的小苹果树，让他的心中考虑，要不要在这寒夜给小苹果树盖上灰兔皮呢？让孩子在黎明时走到花园里，用手摸那细细的苹果树树身，感受温度，用干草给它包裹严实。让孩子因春寒冻坏了的桃树花儿而伤心，为暴风雨中从巢间掉落的小鸟而悲痛。让孩子在花园某处、菜园某处有一个自己的美丽角落。冬天在房间里，在温暖舒适的小小地方也有一个这样的角落。

当在这所热情诚恳的“学校”受教育一两年后，孩子已经为“感恩花园”打好基础。让他种下妈妈、爸爸、奶奶、爷爷的苹果树，妈妈、爸爸、奶奶、爷爷的葡萄藤。这将是孩子为家长们辛苦操劳的化身之一。孩子照料果树并不像照料蔷薇那样轻松。这里的一切需要家长们的生活智慧和恒心。应时常暗示他劳动，暗示他自己的劳动将给亲人带来快乐。两三年过去，在种的果树枝头——孩子觉得，经过了那么久——结出了果实。孩子把这些事当作自己童年最灿烂的日子来体验。现在已无须提醒他应当劳动、浇水、为树木遮盖避寒了——他自己就不会忘。他将耐心等待苹果或葡萄成熟，为了能摘下果实送给妈妈，看到她眼中的惊喜。

这些瞬间将在孩子的心灵里留下不可磨灭的印记。他仿佛登上了他人生中第一座道德发展的顶峰。孩子为亲人们付出的那些精力、体力是体验和情感的完整世界。为人们创造善成了他的需求。他将用那颗心去感受，应当帮助同志、朋友、爱人和生活在身边的人们。感受到为人们行善的需求的孩子，看待周围世界、人、行为、事件以及人与人之间相互关系的目光会非常敏锐，领会能力会非常强大。当妈妈和爸爸遇到困难、需要帮助时，他能感觉到。体验过创造善的孩子对于母亲和父亲遭遇的伤心和灾难是多么敏感啊！

热情诚恳、富有同情心的孩子能感觉到恶，即使第一眼看上去，这恶并不明显。不久前，一个七年级学生科里亚对我说："我要好好学所有功课，因为我的妈妈有心脏病……"如果在成绩单上出现不好的分数，会让妈妈的心难受，他希望妈妈平安快乐。孩子好好学习的志向源于要给妈妈和爸爸带来快乐，只有在那一时刻，当孩子已体验、经历过了为妈妈和爸爸创造快乐时，这愿望才能在孩子心中被唤醒。

记住，道德教育首先是理性支配意志。孩子在自己有意识生活的最初几步时应明白三个词：可以、不可以和应该。有时那些教育者所犯下的致命的大错误，形象地说，是不会正确使用这三道大餐：可以、不可以和应该。12岁以前，有时是13—14岁，甚至是15—16岁，家长只给孩子一种餐食：可以。在他们的孩童时期，然后是少年时期，一切都可以，一切都被允许。孩子牢记了这样一个思想：他像宇宙中心，一切绕着他转动。后来突然间孩子开始——正如民间所言——骑在家长脖子上作威作福，妈妈和爸爸就火速更换了餐食：开始坚决地用"不可以"来喂养他。突然间，在小人儿面前打开了一个全新的、他迄今为止不理解的世界的一面：禁止，不允许。小人儿觉得自己的手脚都被捆住，受了屈辱。他有了畸形的关于善与恶、公正和不公正的概念。在此之前，他自我生命的每一个细胞都在感觉，他给家长带来的只是快乐：不管他做了什么，妈妈和爸爸都只是赞扬（甚至当他用拳头威胁奶奶时也得到赞扬：瞧我们的儿子啊，是有独立精神的人）。可他突然发现，他给家长带来的不是快乐，而只是苦难和伤心，他已不是“金宝贝”，不是“看不够的儿子”了，而成了“上天的惩罚”。不再有亲切的空话，出现了拍后脑勺，有时是皮带伺候。家长每个新的严厉词语都是撒在他自尊心流血伤口上的小盐粒。顾影自怜——这种心灵状态，我毫不夸张地称之为个人主义永不枯竭的源泉。要让一个孩子学会适度地怜惜自己，并要与他学会的感受他人善意和同情的程度相等。

要善于怜惜和爱。父亲的爱应出于智慧，而不是出于本能。让这个教导成为你经验的组成部分，作为长辈传递给下一代吧。

祝你身体健康，精神饱满。拥抱你。

你的父亲

第三十封信

你好，亲爱的儿子！

你请我给建议，如何经济而智慧地（这个词用得正确——智慧地）利用时间。你抱怨说：“一个工作紧接着另一个工作，马不停蹄，还没回过神，一天就过去了，计划要做的还没做完。”从信中我也明白，正如你所说，案头书堆积如山，没有时间读完所有推荐书目。

据我自己的经验，我给你提出几条建议：

（1）第一条也是最主要的一条（关于这一条，去年我给你的信中提到过），就是要善于在听课过程中建立起时间的储备。不会听课的大学生将免不了进入脑力劳动的“全民紧急动员”的工作阶段。在测验（或考试）的前几天，临时抱佛脚，久坐突击复习课堂上做的提纲，在测验期间，每天只睡两三个小时。他把应该在每天完成的工作，一天一天，拖延到了“救火日”。根据我的统计，这种“救火日”“全民紧急动员”的日子一年中差不多有五十天，几乎是所有劳动时间的四分之一。

这里潜藏着时间短缺的一个最主要的根源。应预防在复习提纲时出现这种“紧急的、救火一样的”疲于奔命的局面。应在课堂上就思考讲义，每天复习笔记，哪怕是两小时也好。我建议把讲义做成两栏：第一栏下面简要记录课堂内容，第二栏下面是需要思考的内容，这里记录关键的、主要的问题。这个构架，维系着有关这一门课程的所有知识的大厦。对于这一构架的问题，应当每天思考，与这一思考相关联的是我曾和你说过的每日阅读。如果你现在在所有课程中都坚持做到了这一要求，你就不会有“救火日”。当你准备测验或考试时，就不必一遍遍读，并死记硬背全部提纲了。课程的构架将成为独特的大纲，在此基础上，你会想起这门功课的全部材料。

（2）如果你想拥有足够的时间，那就要每天阅读。每天仔细钻研科学书籍的几页（4—6页），这些内容在某种程度上和教学课程相联系。除此之外，还要仔细阅读但无须钻研（也就是说不用记录）科普读物的10—15页。你阅读的内容是你学习的包罗万象的背景。这一背景越丰富，你学习起来就越轻松。你每天阅读得越多，你的时间储备就越充足。因为在你阅读的内容之中，会有上千个连接你课堂所学材料的相关点。我把这些点称为记忆之锚。它们把你的必学知识和人的周围知识的海洋连接起来。让自己每日阅读吧。不要把这件事拖延到明天。今天错过的，明天无法补偿。

（3）每天清晨6点开始工作。5点半起床，做早操，喝一杯奶（不要养成喝茶的习惯，到中年时再喝茶也不迟），吃面包，然后就开始工作。如果你习惯在工作日的清晨6点开始自己的工作，那么就尽量提前15—20分钟开始着手工作。这是很好的内在驱动力，可以给整个工作日定下基调。

上课前半小时的脑力劳动，这段时间是金子一般的时光。重要的事情我都是在早上完成的。三十年来，我每天早上5点开始工作，一直工作到8点。三十本教育学著作和三百多篇科研论文，都是在早上5—8点完成的。我已经形成了脑力劳动的节奏：即使我想在早晨睡懒觉都做不到，我身心的一切都让我把这一段时间只献给脑力劳动。

建议你利用早上的一个半小时完成复杂的创造性的脑力劳动。思考理论的核心问题，仔细钻研艰深的理论文章，做论文的简要概述。如果你的脑力劳动有关研究，那么就在早上完成它吧。

如此一来，你就不用坐着苦学到半夜。制订好自己的每日计划，课后复习不少于半小时（有时是两小时），夜里12点以前入睡。学会劳逸结合。

（4）学会建立自己脑力劳动的体系。这是关系到各个方面的极其重要的法则。我指的是理解主要和次要事情的相互关系。要学会分配好主要事情的时间，使它不会被次要事情延误。应每天优先从事主要事情的工作。要确定哪些是最重要的科学问题，理解了这些问题，你才能成为一个工程师。这一系列的问题是相互联系的，它们贯穿了许多课程。在清晨的脑力劳动中，要把主要的科学问题放在首位。要学会根据主要科学问题找到具有重大价值的书籍和科学著作，并持续地研究它们。

（5）学会建立自己的内驱力。脑力劳动中许多东西并非那么有趣，完成起来需要强大的意志力。唯一的驱动力常常只是“应当”。那就从此刻开始脑力劳动吧，学会聚精会神，使“应当”变成“我想”。把最有趣的工作永远留在末尾。

（6）让自己被书籍和杂志的海洋包围。大学时代应严选可供阅读的书籍和杂志。爱寻根究底的好奇之人想读遍所有的书，但这是痴心妄想。学会安排阅读，把可能影响工作计划的书清除掉。但与此同时，要明白你随时可以阅读一本有必要读的新书，即使它未包括在你的计划之内。为此，时间储备必不可少。正如我信中已写过的，储备是由课堂上和笔记中的脑力劳动中积攒起来的，以防出现“紧急动员”的日子。

（7）学会对自己说“不”。你被大量活动包围，有科学小组、业余文艺活动小组、运动会、舞会，以及很多可以消磨时间的俱乐部。要有决断力：这些形形色色的活动带着诱惑，但参与过多的活动会给你带来很大的害处。应该娱乐，应该休息，但不可以忘记主要任务：你是一个劳动者，国家在你身上花费了大量金钱，占第一位的不是跳舞，而是劳动。我建议的休息方式是下棋和阅读文艺书刊。下棋需要绝对安静，需要全神贯注，这是滋养强壮神经系统、使思维严谨的绝佳方式。

（8）别在琐事上浪费时间。我指的是空谈闲聊，无谓地消磨时间。经常会有这样的情况：几个人坐在房间里东拉西扯。一个小时、两小时过去了，什么也没做，谈话中什么睿智思想也没产生，时间却白白浪费了。学会把和同伴们的谈话变成丰富自己精神的源泉。

（9）学习减轻自己未来的脑力劳动。这里说的是为未来建立起时间储备。为此要习惯于系统地记笔记。我现在有 40 本笔记。每一本都是为记录关于教育学问题的、鲜活的、在头脑里一闪而过再难寻觅的思想而准备的。其中我也记录了从读物中摘抄出来的，关于此问题最有趣、最鲜活的思想。所有这些将来都用得着，都能极大减轻脑力劳动。我知道你有笔记本，但不成系统。建立一目了然的笔记分类系统，减轻自己脑力劳动的负担。

（10）要为每一项工作寻找合理的脑力劳动方法。避开刻板公式和陈规旧套，不要寄希望于时间会帮助你深刻理解事物、现象和规律的本质。你思考得越深刻，记忆就越牢固。当你还未理解、认识它时，不要拼命去记忆——这会白白浪费时间。学会不是去“读”，而只是“细看了解”那些你知道得很清楚的内容。但与此同时，要小心只是流于表面化地细看那些还没有经过思考的内容。任何一种表面化，都将注定你日后不得不多次重复学习一个特定的事实、现象和规律。

（11）如果同宿舍的人不能达成约定去严格遵守要求，那么一个人的脑力劳动是不可能顺利进行的。首先应严格约定，在特定时间内严禁聊天、争论和做破坏安静氛围的事情。在集中进行脑力劳动的时间里，每个人应完全独立自主地工作。若有可能，就在阅览室工作，最大限度地利用这个安静的空间。

（12）脑力劳动要求逻辑思维和形象思维交替使用。科学读物和文艺书刊要交替阅读。

（13）要改掉坏习惯。我指的是如下方面：工作开始前先无所事事地坐上 15 分钟、20 分钟；不管是否需要，随意浏览一本书，很明显这样不会读进去；睡醒后，躺在床上赖床 15 分钟；等等。

（14）“明天”是勤劳最危险的敌人。永远不把今天该完成的工作拖延至明天。还要更进一步，应养成把明日的一部分工作提前至今天完成的习惯。这将成为良好的内在动因，为明日的工作定下基调。

（15）永远不要停止脑力劳动，一天都不要停。开卷有益，即使炎热的夏季里也不能不读书。每天都应用知识去丰富自己，这是脑力劳动必不可少的时间源泉之一。

以上 15 条建议，我认为，每个大学生都应该遵守。

祝你身体健康，精神饱满。

你的父亲

第三十一封信

你好，亲爱的儿子！

收到了你满纸忧愁的来信。对你在新年前夜的思考，我并不惊讶。我也有过这种思考，即人生在世是为了什么，生之意义是什么？

关于生之意义的问题是伦理学的基本问题。了解到你的心灵经历着和这一问题相关的忧虑，我甚至感到欣喜。如果一个人的心连一分钟都未曾被忧伤攫住过，生之快乐也就无从谈起……

不久前我到过一个博物馆——华沙附近的法西斯死亡集中营。在杀人犯和强盗所想出的众多“发明”中，我看到了一个最原始简单的“发明”：一辆四轮大车，注定死亡的囚徒们把十吨石头装上车，沿崎岖道路把石头运到两公里外，卸下石头，之后又装车运回——如此不停往返，日复一日，持续数周甚至数月。在这看似简单的“发明”后面隐藏着魔鬼般缜密的意图：给人的身体和精神施加最可怕的痛苦——无意义、无价值的苦役般的劳动。把所有人道一点点杀死是法西斯暴君的意图，繁重的体力劳动之外，还有精神苦难。假如一个人被迫做无意义的苦工，没有目的，不被需要，那么他将经历精神上的痛苦。回想一下古希腊关于西西弗斯的神话吧，回想一下但丁《神曲》中的地狱圈吧。

如果做好事和做坏事都以死亡为结局，那么为什么而活？恰恰在这个恼人的问题上衍生出许诺人永生和死后世界的宗教。但在古代世界已有人懂得：不可能有任何死后的世界，不可能有任何个人的永生。古欧洲思想家及智慧的所罗门王曾断言：既然一切从尘土中诞生，也定会回归于尘土，生命本无意义。“一切虚幻皆为灵魂的空虚和痛苦。”但在古代世界更有人懂得：永生是和人为下一代留下有价值的东西相关联的。

每个苏维埃人都有一个（或几个）生活目标。一人梦想成为工程师，运转新机器；另一人想为人们提供新的小麦品种，原来只生长单支麦穗的地方如今长出了两支；第三人想成为教师；第四人想成为医生；第五人想成为高级技工。那么是否可以说所有这些目标中都有生之意义？不，我认为，生之意义更深刻，更包罗万象。它存在于那些人身上，他们建造了飞到火星的宇宙飞船；也存在那些人身上，他们把种植高产小麦看作自己个人生活的幸福。生之意义，本质上是为人们服务，给人带来福利，提高人对完善、创造和美的追求。生之意义不是每个人的具体目标，而是生之原则、生之路线。人以它的名义工作，不断克服困难，为取得的成绩而快乐——其中就彰显出生之意义。

我给你讲两个工人的故事，他们住在第聂伯河旁的一个小城。两人年龄相仿，将近五十岁，在同一家工厂一起工作了二十五年。他们都有自己的小房子，宅院旁都有一块地种着葡萄。甚至他们所栽葡萄株的数目都一样——每人一百多株。两人——谢苗·拉夫连季耶维奇和阿列克谢·杰米多维奇——都酷爱在葡萄园里劳作。从早春到晚秋，他们把所有的自由时间都花在了自己心爱的葡萄株上。最后每个人获得了每株30公斤葡萄的收成。但是人们对两人的态度却截然不同。人们喜爱谢苗·拉夫连季耶维奇，虽然觉得他是个怪人，却不喜欢阿列克谢·杰米多维奇。为什么会这样？原因如下：

每当葡萄即将成熟时，在谢苗·拉夫连季耶维奇的地里从早到晚都听得见孩子们的欢声笑语。他有几十个年轻的朋友。谢苗·拉夫连季耶维奇在葡萄园里建起了一个窝棚，就像在瓜田里一样，他和朋友们在此聚会。他几乎把所有的葡萄都分给了孩子们。孩子们品尝以后，还要留一些给爷爷奶奶带回去。晚秋，葡萄园里像铺着一块彩色的地毯，葡萄藤变得似火一般鲜红，谢苗·拉夫连季耶维奇就召集起所有的年轻朋友，发给每人几棵树秧，让他们在家栽种，建立自己的葡萄园，给人们带来欢乐。这个时节，去找谢苗·拉夫连季耶维奇的不仅有孩子，还有大人。

许多人觉得谢苗·拉夫连季耶维奇是个怪人，于是这样问他："葡萄园的劳动给您带来了什么呢？从春到秋您都在工作，可您什么也没得到，一个戈比也没有。三吨葡萄——这都可以盖起一座大房子了。"

谢苗·拉夫连季耶维奇微笑着说："我从自己的劳动中收获很多。感觉自己就是一个富翁，比生活在地球上的任何一个人更富裕。我有房子，这座小房子对于我来说已经足够了。"

谢苗·拉夫连季耶维奇非常爱孩子。他愿意把心奉献给孩子们。当他在劳作时，他们在窝棚里等着他，谁也不去偷摘一个果实。他们还竖起耳朵，警觉地观察谁企图这样做。我坚信，每一个人的人道、诚挚和善都可以用他对待孩子们的态度来衡量。爱孩子的人是真正的人。永远不要欺骗孩子，不要在他们面前隐藏自己的真面目。他们会感觉得到并判断出虚伪，他们憎恨伪装。

离谢苗·拉夫连季耶维奇家不远，住着阿列克谢·杰米多维奇。他是一个经验丰富、勤劳的工人，但没人喜欢他。他时刻防备着别人，人们说，他没有人的心灵。像谢苗·拉夫连季耶维奇一样，他从早春到晚秋都在葡萄园里。但这里听不见孩子们的声音。他的葡萄园围着高高的栅栏。在一块薄板的上面架着铁丝网，柱子上是一块块碎玻璃，还拴着两条恶狗。阿列克谢·杰米多维奇给葡萄园建造了坚固的钢棚。如果有人来买树秧（他的树秧只卖不送），阿列克谢·杰米多维奇就从大门出来，展示自己的货物，正如他所言，希望快些把购买者打发走。葡萄成熟时节，他日夜在葡萄园里巡逻。他也有像谢苗·拉夫连季耶维奇一样的窝棚，只是除了女主人，没人在窝棚里出现过。全部葡萄，包括每一粒果实，他都在市场上出售了。

这两个人，有着不同的生活意义。要学习，要思考，要像躲避火一样躲避恶，要追求善。生之意义在于为人民服务。像阿列克谢·杰米多维奇这样的人被同胞们鄙视。虽然像他一样的人也能感觉到幸福，但他们的幸福是泼留希金式的幸福。

我想以古代医生活的座右铭结束这封信：“照亮别人，燃烧吧。”深入思索这些字眼的含义吧，儿子。假如没有成千上万为了人们的幸福而自我牺牲的榜样，就没有人类的历史，我们全部的生活将会变成一团漆黑。从穆奇乌斯[1]到米哈伊尔·帕尼卡哈到卓娅·科斯莫杰米扬斯卡娅到亚历山大·马特洛索夫——人类历史的苍穹上永远布满燃烧的星辰，

[1] 穆奇乌斯，传说中的罗马英雄，青年贵族。

那是为人类及其美好未来的梦想而服务的星辰。让这些星星的光芒照亮你的路吧，儿子。为其他人发光，燃烧吧。

祝身体健康，精神饱满。拥抱你，吻你。

你的父亲

第三十二封信

你好，亲爱的儿子！

你请我回答这三个问题：

（1）到了共产主义社会，人是什么样子？我认为未来的人最重要的特征是什么？

（2）我认为当前最危险、最不能容忍的道德缺陷是什么？

（3）按照我的看法，在对下一代的教育中，存在的最严重的缺点是什么？

第一个问题。未来共产主义社会中的人，已经生活在我们中间。不能这样设想问题：一个重大时刻突然来临，隆隆钟声将宣告新人诞生。我和你谈及的谢苗·拉夫连季耶维奇就是一个未来的人了。人们把这样的人叫作怪人。我认识很多这样的人（正好，我想写一本关于他们的书——《怪人们的世界》）。

我们村里离学校不远的地方住着这样一个人，你也许猜到了，说的是伊万·罗科菲耶维奇。他有一座为人们服务的花园。他是住那条街上的十几个孩子的教师。整个夏天他都在花园里为他们忙前忙后。孩子们在这里组装无线电收音机、做游戏、唱歌、学拉小提琴……

和他相邻的房子里住着一位退伍军官。他领取退休金，本可安享平静生活。但他从早到晚都在劳动，为人们服务……宣传共产主义思想。他每天到田间地头去，去生产队和饲养场，找畜牧专家和农民。给他们讲解世界上发生的大事，给他们朗读文艺作品。和直接从事生产的人们待上两三天后，他又去往另一个生产队和饲养场。

在我看来，理想的共产主义社会的人首先是善良的。我认为，能感觉到人，从精神上需要他人，是未来的人的最主要的特征。对每个人、每个同胞的精神富足、道德美好、聪明、热爱劳动等品行寄予个人深切的关注，善于珍惜、尊重并热爱我们生活中的无价之宝——人，所有这些我称作善良和人道。

真正善良、人道的人会深深厌恶恶行，憎恨我们的敌人——战争纵火犯和毒害年青一代心灵的罪犯。我们应像教会人们善良一样，教会人们憎恨丑恶的东西。

瓦·科热夫尼科夫[1]的长篇小说《你们相识吧，巴卢耶夫！》里有一句非常好的话："如果一个人善于为了自身的愉悦而工作，从自己的劳动中体验忘我的快乐，那就可以认为，他的一只脚已经踏入了共产主义。"对劳动的热爱，在劳动中人的自我表达——这就是共产主义理想在我们日常生活中的真实存在。当我们国家里没有一个人对劳动漠不关心、认为劳动只是获得基本生存资料的手段时，共产主义就牢固地树立于人的心灵中了。"假如这世上有上帝，就是劳动和它的奇迹。"（谢利温斯基

---

[1] 瓦·科热夫尼科夫（1909—1984），苏联作家、记者、战地通讯员。苏联国家奖金获得者，荣获"社会主义劳动英雄"称号。

语）在劳动中，人的面前展开了一个个自我教育、自我认识和自我完善的无限领域。有赖于永不枯竭、永无止境的劳动，人自己也将永不枯竭，他的完善也将永无止境。

第二个问题。最危险、最不能容忍的缺陷，我认为就是不人道，对人漠不关心、冷酷无情。这样的劣迹在我们社会里依然层出不穷。我给你讲一件事，前不久我无意中成了见证人。

在第聂伯河上游的一个大村子里，一位九十二岁的妇女死去了，她是四个儿子的妈妈，十一个孙子的祖母，二十个曾孙的曾祖母。她的一生非常艰难。六座坟茔里——在东普鲁士，马祖里的沼泽中，喀尔巴阡山上，柏林城下——都埋有她的骨血。六个士兵的方尖碑上都刻着她的姓氏，每一个字母里，都有她辛苦操劳的不眠之夜、激动和希望。

她五十岁的小儿子怀着悲痛和忧虑走向人们求助：请帮忙送我妈妈最后一程吧。木材厂没找到现成的做棺材用的板子，但他遇到了好心人，大家摘下帽子，默哀一分钟，之后锯开一棵大松树的树干。他们说：拿走吧，孩子，给你母亲做一所最后的房屋吧。木板需要运输，可没有车，其他人又都在工作。此时又遇到了一个好心人。儿子拦住第一辆迎面而来的汽车，向司机讲了难处。司机把自己的运输工作暂停了半小时，将木板装上车，开出了木材厂的院子。就在此时，发生了一件奇怪而野蛮的事。车队队长看到自己的汽车拉着板子，司机在大门外正帮着用绳子捆木板，他大吼起来：

“怎么回事？为什么你不干自己的活儿？”

司机和死者的儿子对队长说：“请别喊，是这样的——死了人。”队长无动于衷，也不道歉。指责声更大了，他跺着脚，在脸色变得苍白的司机面前挥着拳头，爬上车，把木板扔到地上。司机开车走了，儿子站在木板旁哭起来。因为流着泪，没注意到一个素不相识的人赶着马车来到他跟前——此人在从奶油厂返回的途中，听见吵闹声，他停住马车，了解了一切……他把木板装到马车上，靠近倍感痛苦和屈辱的死者儿子，轻声发问："木板运到什么地方？"

最可怕、最不能忍受的道德缺陷是没有人道。我一次次问自己：怎样的土壤上生出了那些难以被称作人的败类？这种没心肝、没灵魂的怪物出现的原因是什么？我们这里并不具备产生冷酷和憎恨人的社会条件。一定有其他原因。这是在共产主义建设阶段中，生活摆在我们面前的最尖锐、最迫切且难以解决的问题之一。只要我们社会中还存在这样的人，像这个车队队长一样的人，那么关于共产主义社会就只能幻想一下，我们无力建设。这样的人很难接受再教育了。这种恶行应预先防止——用童年和少年时代正确的教育。

我从小就认识这个车队队长，他叫伊万卡。他曾是一个普普通通的小孩，像其他千千万万的孩子一样，平日上学，夏日雨后喜欢赤脚在水洼里走，爬过栅栏去邻居花园——偷摘下的苹果比自家花园里的香甜。

但也有别的事，邻居们曾气愤地议论过他家的事。与伊万卡父母同住的还有他奶奶。伊万卡的母亲不知为什么不喜欢她，让老人家搬到小贮藏室，自己为自己做饭。男孩常听到妈妈说："奶奶不好，很坏……"一次过节，她给婆婆准备了冷餐。她对男孩说："伊万卡，给奶奶送去吧。用刚才我们洗排骨的小盘子。"她让孩子取柴火烧炉子："伊万卡，把干柴取来吧，湿的给奶奶留下，她不喜欢屋里热。"

于是，孩子明白了，奶奶是"卑鄙龌龊"的人。一年夏天，奶奶请求伊万卡："去吧，孙子，到草地上给奶奶采一把熬汤的酸模吧……"男孩不愿意去草地，他跑到菜园里，揪下一把制糖用的甜菜茎叶，给奶奶送来。奶奶视力不好，把切碎的茎叶切碎熬了汤。伊万卡告诉同伴们自己是怎么骗奶奶的。他嘲笑奶奶："老太婆瞎了。有一天叫我去采香薄荷，撒在地板上，她想闻一闻薄荷香气。我采来豌豆，吃了里面的豆，叶和梗拿给奶奶。她抱怨：上帝啊，以前香薄荷是香的，酸模是酸的，现在可不一样了……"孩子们听了伊万卡的讲述，暗暗吃惊：假如他们也做了这样的事，他们的爸妈该怎么说呢？孩子们回家把这件事一五一十地讲了。村里开始有传言，关于恶媳妇和不孝孙子……

时光飞逝。伊万卡长大了，入伍了。他平平安安度过了兵荒马乱的岁月。但他并未回父母家。离村子不远处建了一座大型水电站，伊万卡在这里谋到了差事——开车跑运输，运送建筑材料。后来不断升迁，成了调度员，再后来做了车队队长。他很得某位上级的欢心，从上级的只言片语中，就能领会其意图，他的一切都靠走后门得来。

伊万卡的父亲和奶奶死了，只剩下老妈妈。在自己偌大的砖瓦房里，儿子让老母亲住进了小储藏室，搬来一个炉子，说："妈，你自己做饭吧。别出声，别打扰我。"或许此时，妈妈才回想起了当年自己对伊万卡的训令，她曾派他给奶奶送去冷菜……或许还回想起了一句民间谚语：当孩子规矩地正卧在床上时，去关心他的心灵吧，不要等到他肆无忌惮地横躺在床上时……

像车队队长这样的人，人民把他们叫作丑陋的人。未来不是为他们而存在。未来只属于那些已在相当高度上懂得了共产主义人道的人。遥远的乌兹别克斯坦的集体农庄里有个锻工叫沙马赫穆德·沙哈麦德，他和他的妻子在困难的战争年代里收养了 16 个孤儿，并把他们抚育成人。我们的乌克兰有一位社会主义劳动英雄娜杰日达·扎格拉达。困难的饥荒年代里，她收养了 22 个孤儿，并把他们抚育成人。这才是真正的英雄主义，真正的人道。

第三个问题。下一代教育中存在的最严重的缺点，据我的深切体会，是忘记今天的孩子将是明天的成年人。许多家长和教师所采用的对待孩子的态度，好像孩子们永远长不大似的。后来不知不觉中孩子成了少年，少年成了即将结婚的青年，这让父母措手不及……

在小孩身上看到明天的成年人的影子，这正是父亲、母亲、教师以及其他人的智慧所在。换句话说，应学会爱孩子。安东·契诃夫曾说："孩子们神圣而纯洁。甚至在强盗和鳄鱼那里，他们也处在天使之位。我们自己可以爬进随便什么坑里，但应把他们安置在适合他们身份的环境中……不能让他们成为自己情绪的玩具：时而温柔亲吻，时而咆哮着用脚践踏。专横跋扈之爱，还不如不爱。"

专横跋扈之爱，是戕害孩子的可怕力量。父母之爱的专横在于给出"爱的菜单"中的哪一份取决于情绪：如果父母情绪好，在家里就宽容一切，孩子为所欲为，连小孙子用拳头打奶奶或加以嘲笑都可以，这样的事真的存在；如果情绪不好，父母就欺侮、挖苦孩子。

中学教育工作中的最大缺点，我认为是公民教育的部分很薄弱或全然缺失，没有培养出堂堂正正的公民应有的一派正气。公民教育应该置于首位，关于这一点我还应多说，多写。

我们生活在一个复杂的时代。社会主义世界和资本主义世界并存，但同时这两个世界之间经常发生思想、精神和道德的碰撞。几十万被资本主义高价收买的资产阶级思想家诽谤我们的国家，几百家电台的声浪每天喷出数以十亿计的谎言，所有这一切的目的是要从精神上玷污我们年青的一代，要让我们的青年相信，任何一个社会中，人的最高目的都是实现物质富足，而不是某种思想的“昙花一现”。清除苏维埃青年的共产主义思想——这就是资产阶级宣传家的主要目的。我们的孩子们应对此做足准备。

共产主义教育不应软化和弱化我们社会公民的心灵。正相反，应从身体上和精神上打造锻炼人。我们不仅要教会他们热爱，还要教会他们憎恨，对敌人残酷无情——敌人蓄意侵犯我们祖国的自由和独立。这是人的最高之美，是人道主义的巅峰，真正的人道。

我们正培养的人是共产主义社会的未来公民，他应珍爱并保卫我们的祖国，增加我们的物质和精神财富，在生活的所有领域里，这个人应是伟大的、精神富足的、美好的、才能多样且永不枯竭的。他不仅应准备在战场上建立功勋，还要准备在机床旁、在拖拉机的方向盘旁、在饲养场里建立功勋。他应当准备长年照顾病患，守候在病床边，在黑夜里听到孤独老人呻吟时，不用召唤就去帮忙——仅仅听从自己心的命令。他应是充满爱心的、真诚的、敏感的、关爱母亲的儿子——否则他就不能从道德上被称为“人”和社会主义祖国的儿子。他应学会阅读人的心灵，学会用理性和心去发现、理解、感受同胞的痛苦、忧愁和激动，去提供帮助。这是人的高尚的道德，是以庄严的一句话表达的我们的原则：人对于人，是朋友、同志和弟兄。

祝身体健康，精神饱满。拥抱并亲吻你。

你的父亲